黒の銃弾
ブラック・ブレット
煉獄の彷徨者
6
神崎紫電
Illustration
鵜飼沙樹

「三秒だけよ。それで決めて」

「死んだって聞いて……
どれだけウチが心配したか」

「動くなッ！
妙な真似をすると撃つぞ」

BLACK BULLET 6
CONTENTS

DESIGNED BY AFTERGLOW

BLACK BULLET 6

ブラック・ブレット

［黒の銃弾］

煉獄の彷徨者

6

SHIDEN KANZAKI

神崎紫電

一粒の砂の中に世界を見
一輪の花に天国を見るには
君の手のひらで無限を握り
一瞬のうちに永遠をつかめ

ウィリアム・ブレイク

BLACK BULLET 6 CHAPTER 03

第三章
紅露火垂

1

取調室の扉を開けて重役出勤してきた警視庁の警視・櫃間篤郎を見て、勾田署の警部・多田島茂徳はあきれが礼に来る思いだったが、一応上司の手前敬礼を交わす。

「状況はどうなりましたか？」

眼鏡のフレームを中指で上げながら問う怜悧なかんばせの櫃間に、寸胴中年の多田島は応じる。

「まあ見てやってくださいよ櫃間さん」

取調室のマジックミラーの向こう側、隣の取調室では一人の初老の男性が事情聴取に応じていた。日に焼けた頬は黒ずんで、髪は半分白髪になっている。顔が全体的にむくんでいるせいで目玉が沈降して見える。

人生経験や性格は顔に出るというのが多田島の長年の刑事生活から導き出された経験則だったが、その直感によると、彼はなかなかのタヌキである。

「彼は？」

「岩間雄輝五十六歳、タクシーの運ちゃんです。現場から里見蓮太郎と紅露火垂らしき人物をタクシーに乗せたのを目撃した人物がいたので参考人として事情を聞いているところなんですが、そんな人物を乗せた記憶はないの一点張りでね」

「タクシーには、どこを何時に走行したか記録がつけられるんじゃなかったんですか？」

「それがどうも、彼の所属しているタクシー会社は東京エリア一の安値を標榜している代わりに、色々な経費削減を行っているようなんですよ」

「多田島さんの勘ではどうなんですか？」

「まあクロでしょうな」

櫃間は腕組みする。

「なんとか聞き出せないものですかね」

「相手は参考人ですよ？　それより、現場のマンションは見てこられましたか」

「まあ、軽くは。痛ましいものですね」

櫃間はさも沈痛げに首を振って見せる。だが声はどことなく芝居がかっており、言霊とでも呼ぶべきものが決定的に欠落して聞こえた。

『痛ましい』とは控えめな表現もあったものだ。

多田島はいの一番に現場に踏み込んだが、ガストレア解剖医・駿見彩芽医師の住む高層マンション内は地獄絵図になっており、命からがら逃げ延びた人間はタイヤの怪物が襲ってきたと口々に証言した。内部を精査する過程で、そのタイヤめいた機械も動力部が破壊された状態で二つ、発見されている。

目蓋の裏に焼き付いた凄惨な光景がフラッシュバックしかけて、手を振って妄想を振り払う。

「里見蓮太郎が訪れた女医は風呂場で何者かに殺されていました。死んでから時間が経ってるので、犯人は奴等じゃありません。その直後に、例のおかしな機械の殺戮が始まってるんです。するとまた、里見蓮太郎が救助活動を始め出した。一番わからんのはエレベーターの死体です。ケーブルのワイヤーが切れて地下二階に落ちたエレベーターの中から死体が出たんですが、こっちは損傷がひどくて誰かもわからん状況なのに、体から機械部品みたいなものが出てきてるんです。クソ、頭がおかしくなりそうですよ。どうして里見蓮太郎の行く先々で死体が転がっているんだ」

「多田島さんはどう思われるんですか？」

ふと気が付くと、櫃間がにこりともせずこちらの様子を観察していた。

その視線に薄ら寒いものを感じながら、なんとか思考を組み立てていこうとする。

「自分たち以外に奴を追っている人間なり組織がいるのは間違いないでしょう。ただ、不可解なのが里見蓮太郎たちの足取りです。角城という医師には、親類を名乗ってコンタクトを取っていたりするんで、奴等は目的を持って動いていると思われます。もしかすると、自分に掛かった容疑を晴らそうとしているのかも」

「…………」

不気味に沈黙する櫃間を、努めて意識しないよう提案する。

「いっそのこと、公開捜査に踏み切ったらどうですか？」

「そんなことはできませんよ」

櫃間はとんでもないとばかりに退ける。

「勾田プラザホテルの一件では、里見蓮太郎は川に落ちて死んだものと報道されてしまっているんです。警察の捜査を嘲笑うかの如く悠々と東京エリアを逃げ回っているなんて知れたら、我々の面目は丸つぶれですよ。我々が秘密裏に彼を逮捕して、あらかじめ川でピックアップしていたことにすればいいんです」

本当にそれだけなのか。多田島はなぜかそう思った。

こちらの疑念を知って知らずか、櫃間はマジックミラーの向こうを睨んだまま、じっと事情聴取の様子を観察していた。

「本当に……あの運転手がすべてを話してくれれば事はもっと単純なのですがね……」

櫃間は、抑揚を欠いた昏い声で呟いた。

警察の事情聴取から解放されたのは、深夜の二時をまわってからだった。

タクシー運転手・岩間雄輝は玄関口を出た瞬間、じっとりと暑い夏の夜の空気に出迎えられる。湿度は高くひどい不快指数を示していた。

青息吐息のまま、車に乗り込んでイグニッションキーをひねる。

またなにかあったら聞くということで解放されたのだが、この調子ではまたぞろ警察の方から職場にコンタクトがあるに違いない。

体は芯からクタクタで、これからもう一稼ぎ、という気分ではなかったのでそのまま家に直帰する。

この時間ならまだ妻が起きている可能性もあったので、メールを入れてみるが反応はなかった。

がっかりな反面、どこかでほっとしている自分に気付く。警察にいたと告白したら、矢のような質問が飛んでくることは想像に難くないからだ。いくら最愛の連れ合いとはいえ、今回の客については話すわけにはいかない。

やがて郊外の閑静な住宅街にある自宅についた。そこでおや、と思う。家の中には人の気配があり煌々と明かりが灯っている。

まだ起きているのかと訝しみながら、車を車庫入れすると門をくぐる。と、庭をよく見れば、園芸用の芝刈り機も外に放り出したままで、片付けた形跡すらない。几帳面で床に物を置くことすら極度に嫌う妻らしからぬ行動である。

ドアには鍵はかかっておらず、レバー型のドアノブを倒して引くと、ギィという軋みを立てて開いた。玄関の靴は散らかっており、なにか重い物を引きずった泥の痕がある。

まるで、妻が庭の手入れ中に誰かに殴り倒されて、家の中を引きずられていったような……。

雄輝は自分の想像に胸が悪くなるような不快感を感じる。

手だけを家の外に伸ばして、外に据えられたドアホンを押す。

家の中に、甲高い音が二回響く。

反応は——ない。

いや、廊下の奥から漏れてくる居間の明かりの方からかすかに物音がする。

心臓がバクバクと拍動し、呼吸が浅く短くなっていく。

すでになんらかの異常事態が発生したものと、雄輝は疑っていなかった。

玄関に立てかけられたままの陶製の花瓶の花を抜いて水をこぼすと、鈍器として携行する。

ごく自然に、靴のまま框を跨いでいた。

居間に近づくごとに、物音の正体が、何者かのくぐもった呻き声だとわかる。

手前の廊下まできた雄輝は意を決すると、居間の明かりの中に飛び込む。

愕然とした。

「出穂ッ」

居間の床に妻が転がされていた。テープで手足の自由を奪われ、猿ぐつわと目隠しをされ、蓑虫めいた姿で呻き声を上げている。

慌てて駆け寄りかけたとき、いきなり背後からそっと腕が回され、首筋になにか尖ったものが押し当てられる。ひんやりと冷たい。おそらくナイフの刃先。

「振り向くな」

低く、ドスの利いた男の声。

身体がこわばり、額に汗が噴き出す。

——強盗？

「な、なんなんだお前はッ？」

背後の声はしごく冷静に返す。

「教えても良いが、そうすると、お前もこの女も助からなくなるぞ」

まるでそれで充分だと言わんばかりの、こちらに理解を求めない一方的な口調。

「聞きたいことは一つ。お前がタクシーで里見蓮太郎と紅露火垂を降ろした場所だ」

強盗ではない。

こいつは、あの民警たちを追っている追跡者だ。

威圧され、一切のリアクションが取れない雄輝に、背後の男はゆっくりと言葉を重ねる。

「お前には二つの選択がある。奴等の居場所を吐くか、苦しみながら奴等の居場所を吐くか」

「苦しみながら……？」

「まずは指の爪だ。二十枚ある。お前じゃない。女の爪だ。終わったら今度は指を落としていく。喋りたくなったら、好きなタイミングで言え」

雄輝が花瓶を取り落とすと、騒々しい音を立てて割れる。

首の皮が浅く切れるのも構わず、首を左右に振る。ボロボロと涙がこぼれていた。

「や、やめてくれ。それだけは」

「じゃあ、どうすればいいのか、わかるな」

雄輝は心の中で蓮太郎に手を合わせた。すまない。本当にすまない。

「東京エリア第十八区、永淀市の不法外国人居住区」

「わかった」

すっといましめが解かれ、背後の闇がわずかに遠ざかっていく気配がする。

一瞬シンとした静寂が訪れて、雄輝はゆっくりと背後を窺う。

そこには侵入者の影も形もなかった。

助かったと思った瞬間、膝からその場にくずおれた。


勾田署で何回目かの捜査会議を終え、会議室でさして美味くもない仕出しの弁当を食べていた櫃間の元に電話が掛かってくる。

相手の名前を見て、立ち上がるとひとけのない廊下まで行って、電話を取る。

「ソードテールか。ネストを通さずに電話か。それほどの用事なんだろうな?」

『タクシーが奴等を降ろした先がわかった。東京エリア第十八区、永淀市の不法外国人居住区だそうだ』

「良くやった。すぐこちらで対策を打とう。報告は以上か？」

なぜか彼は歯切れ悪く沈黙する。やがて感情の失せた低い声で続ける。

『ハミングバードがやられたというのは、本当か？』

櫃間は一瞬言いよどむ。

「……そうだ」

『まあ、アイツのおごった性格なら、さもありなん、といったところか。フン、こちらの仕事が増えることも考えてから、死んでもらいたかったところだな』

「気をつけろ。今回の敵は一筋縄ではいかんぞ」

『問題ない』

通話が切れ、櫃間はしばらくの間携帯電話を見つめていた。

次で決められなかったら、いよいよソードテールを投入することになるだろう。

里見蓮太郎一人に彼まで動員したくはないが、彼ならばたちどころに里見蓮太郎たちの首を持ってくるに違いない。

櫃間は愉悦に持ち上がった口元を押さえて忍び笑いを漏らすと、踵を返した。

2

里見蓮太郎が紅露火垂と連れ立って暖簾をくぐって外に出ると、それを見計らって、「まいどー」という声がかかる。

銭湯の電気関連が一斉に消灯。明るさに慣れた目にはびっくりするぐらい暗くなるが、すぐに夜天に浮かぶ星明かりが道を照らす。

全身がわずかにぬくもりを持っている。

心なし気分が良さそうな火垂は、湯上がりの上気した頬でこちらを見る。

「いきなり銭湯に行きたいなんて言うからなんなのかと思ったけど、悪くないお湯だったわね」

「へいへい、お姫様のお目にかなったようで何よりだよ」

軽口を叩きつつも、蓮太郎もこうしてひとけの失せた星の下を歩くのは——状況さえ考えなければ——悪くない気分だった。

時刻を確認すると、深夜の二時をまわったところだった。

銭湯に併設されたコインランドリーで洗濯乾燥したシャツはやや縮んでしまったのか、大きく伸びをすると体が締め付けられるような違和感がある。

火垂の破れたタンクトップはソーイングセットで縫い合わせてある。血液の痕が薄く残るが、言わなければそうと気づかないまでに洗濯されている。

熾烈なハミングバードとの攻防戦を終えてまだ七時間ほどしか経ってない。

いつものこととはいえ、傷だらけの状態で湯船に浸かるわけにもいかず、他に客がいないことを確認して汗や老廃物をタオルで拭くくらいしかできることがなかった。

だが、大事なかったのはこちらも同じだ。対ハミングバード戦で跳弾が当たった左足の銃創は弾を抜いて適切に処置した現在、歩いても傷が広がることはないと判断。

普段なら自分で処置などせず一も二もなく病院に駆け込むところだが、逃亡犯として追われる身としては、それも望むべくもない。

「お前は水原と一緒に風呂とか入ってたのか？」

火垂が不愉快そうな目でこちらを見る。

「なんでそんなこと聞くの？　まさか蓮太郎……あなた自分のイニシエーターとお風呂入ってるの」

蓮太郎は困惑して頭を掻く。

「いや、アイツにせがまれて仕方なくだぞ。クソッ、やっぱり他の家は一緒に入ってないじゃないか。騙したなアイツ」

火垂はため息をついて哀れむような目でこちらを見る。

「蓮太郎、あなた十歳の女児にしか興奮しないとか、女児のパンツ頭から被って夜中に辺りを走り回ってるとかその筋じゃ有名人なんだから、怪しまれるような行動は取らない方が良いと思うわ」

「待て。その筋ってなんだ？」

火垂は横を向く。

「なんで視線を逸らすんだ？」

火垂は気まずそうな表情のまま答えない。蓮太郎は底知れぬ恐怖を覚えて彼女に問い質そうとして、ちょうどその時、正面から通行人が来てすれ違う。

心なしかこちらの表情をじっと睨んでいたような気がして、心の中が一気にクールダウンされる。

蓮太郎はポケットからサングラスを取り出して掛け、同様にレザーの手袋を出して黒く露出した超バラニウム製の義手の上から嵌める。

火垂と協議した結果、やはり顔と、露出した義手だけでも隠すべきだという結論にいたって、急ぎ購入したものだった。

昨日、蓮太郎と火垂は連れ立って歯朶尾大学病院に行き、そこから角城という医師に話を聞いてガストレア解剖医の駿見医師のマンションを訪ねたのだが、そこをハミングバードに襲われた。

こちらの動きがハミングバードに捕捉されていた理由はいまだに不明だが、まず一番に疑うべきが、街中ですれ違った誰かが蓮太郎の顔を覚えていて通報した可能性だろう。

もう一つ可能性としてあり得そうなのが、監視カメラだった。

東京エリアに侵入したガストレアを監視カメラが捉えた場合、放熱パターンなどの諸要素からカメラに仕込まれたアルゴリズムが自動的にガストレアを判定し、周囲にいる民警に一斉にアラートを発する仕組みになっているらしい。

このガストレア判定プログラムを改良すれば、あるいは特定の人物の顔や虹彩のパターンをインプットして網を張ることも可能なのではないかと予測したのだ。

どちらの場合でもサングラスで目を隠すだけでも覿面に効果が出るはずである。しかし――

「だー！　やってられっか！」

蓮太郎はサングラスをむしりとる。夜中にサングラスなど、視界が真っ暗になってふらつくし、かえって怪しい人物だと喧伝して歩くようなものだ――そう隣の同伴者に向かって食ってかかると「黒服着てるだけで充分怪しいじゃない」と素っ気なく返される。

こうして火垂とは元通り話せるようになったものの、蓮太郎の胸には対ハミングバード戦の意見の衝突がしこりとして残っていた。

――『言ったでしょ？　私があなたと行動を共にしてるのは、あなたの血に群がってくる敵を狩るためだって。あなたは撒き餌としてよく役に立ったわ。気の毒だけど、あなたが持っている仲間意識は幻想よ。私はあなたが嫌いだもの』

――『他人の命は助けて、どうして鬼八さんは助けなかったの？』

彼女もそれがわかっているのか、どこか会話はぎくしゃくとして長続きしない。

どちらからともなく会話が途切れると、シャッターの降りた繁華街を流していく靴音だけが、虚ろの街に響き渡る。

どれくらいそうして歩いただろうか、やがて火垂がポツリと漏らす。

「私があなたの制止を振り切って上の階に行った時ね、上の階の人はみんな殺されていたわ。あの人たちにも親や兄妹や家族がいたのにね」

火垂はゆるく首を振る。

「知らなかったわ、あんなことを平気で出来る人間がいるなんて」

どうやらあのマンションでの顛末は、彼女なりに色々考えるところがあったらしい。

「じゃあこれでわかっただろ？　お前が戦ってるのはそういう奴だってことだ」

これ以上どう声を掛けてよいものかと思案していたそのとき、ふと静寂を裂いて遠くにサイレンの音を聞いた。

蓮太郎と火垂は顔を見合わせる。

即座に火垂も気持ちを切り替えたようだった。鋭い瞳で夜天を見上げて音の出所を探っている。

徐々に音は反響しながらもこちらに近づいてくる。

もはや聞き慣れた警察車両のサイレンだ。

蓮太郎と火垂は、手近なビルの横手、狭隘な路地裏に身を潜め、息を殺し気配を断つ。路地は酸化した油のにおいがした。

ややもせず予想通りパトカーが二台、一瞬だが路地の前を横切って消えていく。

慎重を期してまずは路地から顔だけ出して、車両がUターンして戻ってこないことを確認すると、通りに出る。なんとか行ってくれたらしい。

サイレンを鳴らしてどこぞに急行していた様子なのでパトロールとは違うのだろうが、とすると蓮太郎たちとは別件だろうか。

「あっちって、私の隠れ家の方向ね」

ぎょっとする。

「まさか」

言葉で否定してみたものの、彼女の言葉は胸の奥でじわじわと染みを広げていく。

もし火垂の読み通りだとすると、このまま隠れ家に直帰するのは、非常にまずい選択となる。

自分たちの被害妄想であれば笑い話で済む問題だが、いまは万が一にも、下手を打つわけにはいかないのだ。なにしろ、その先に待っているのは逮捕と、逃れられない有罪判決なのだから。

「この辺りに高い建物ってあるか？」

「ないけど、だったら、私が見てきてあげる」

言うや否や、瞳を鮮紅色に変え、次の瞬間目も開けていられない風圧と共に火垂の姿が掻き消える。

首を巡らせると、ほどなくして彼女が等間隔に立っているスズラン街灯の天辺に乗っている姿が見えた。

蓮太郎は慌てた。

いくら深夜で人通りがないとはいえ、散発的に車は脇を抜けている。街中で『呪われた子供たち』が発見された場合、ほとんどの場合パニックに悲鳴をあげるような手合いが一、二名は出るものである。そうなるとそれが呼び水となってどこからともなく人間が集まってきて、収拾がつかなくなる。

そんな常識を知って知らずか、火垂は持ち前の抑揚のない声で前方を指差す。

「まだ見えない。もう少し、接近してみましょ」

シパッと鋭くジャンプすると、次の瞬間、隣の街灯の上に飛び乗っていた。

蓮太郎は抗弁しようと開き掛けた口を閉じると、諦めて彼女の後を追う。

しばらくは、緊張漂う真夜中の行軍が続いた。

やがて、火垂が急に立ち止まる。蓮太郎もほぼ同時に異常事態に気付いていた。

正面に立ち並ぶガラス張りのビルの一群の外壁が仄赤く照らされ、明滅している。間違いなく、パトカーの回転灯の光がビルの壁面に反射したものだった。それも、一つや二つではない。かかとが舗道を叩くコトッという控えめな靴音が響いて、火垂が戻ってきた。

「見えたわ」

「やっぱり駄目か」

一つ頷くと、彼女は続ける。

「隠れ家は放棄しましょ。ここにいると危ないわ」

ひやりとする。隠れ家の汚い風呂場に辟易して銭湯に行こうと提案したのは蓮太郎の方だったが、これは深く考えて提案したわけではない。ほとんど偶然のようなものだった。あの時何気なく下した決断が蓮太郎と火垂の命運を決めたのだ。あのまま家に留まっていれば間違いなく警官の手荒い訪問を受けていただろう。

連れ立って、来た道をそのまま引き返していく。行く当てなどないが、とにもかくにもこの場から逃れる必要があった。

神経を背中側にやっていたのが悪かった。折悪しく、増援と思われるパトカーが向こうから一台来る。今度はサイレンも鳴らさずに現れたので、気付いたときには驚くほど近くにいた。

いまから路地に逃げ込めば、やましいことがありますと喧伝して回るようなものだ。

蓮太郎は火垂の手を握る。火垂は驚いた表情をするが、すぐに蓮太郎の意図を汲んだのだろう。その手を握り返してきた。

「なるべく自然にいくぞ」

視界の端でかすかに首肯する火垂。手前、静かな排気音と共に迫ってくるパトカーの距離はすでに二〇メートルを切っていた。気持ち、俯きがちになる。

フロントライトが胸から下を切り抜いていき、タイヤが路面を踏みながら転がる音がやけに耳に大きく響く。

パトカーはなぜか路肩側に車体を寄せると、速度を落として徐行気味になる。思わず俯きを深くすると、ついにパトカーと蓮太郎は交錯する。

――抜けたか？

両者が徐々に離れていく中、後方でわずかにタイヤが路面を噛む停止音がして、続いてバタンと扉を開け閉めする音が聞こえる。

蓮太郎は目を閉じた。南無三。

ごく一瞬、後ろを振り返ると、二人の警官が懐中電灯片手に降りてこちらに歩いてくる。

「ちょっと、君たち」

足が震えることも、つい早足になることも必死に自制して聞こえないふりをすると、右の路地に入ろうと小さく指で促す。

打ち合わせしたわけでもないのに、蓮太郎と火垂の動きは水際立っていた。

「火垂ッ！」

路地に入り警官の姿が見えなくなった瞬間小さく叫ぶ。彼女も一つ頷くと、蓮太郎の腰に手を回す。

「摑まって」

次の瞬間、吹き飛ばされるような衝撃が五体を襲い、内臓が捻転するのではないかと思うほどの凄まじいGが総身を締め上げる。力を解放した火垂が蓮太郎を抱えて跳躍、ビルとビルに挟まれた壁面を三角飛びの要領で蹴って駆け上がっているのだ。摑まっている蓮太郎の視界がガクガクと揺れ舌を嚙みそうになる。

ほどなくしてビルの屋上に下ろされた時咄嗟にふらつかなかったのは、普段からさらに超スピードのイニシエーターの加速を体験している賜物だろう。

屋上から眼下を窺うと、押っ取り刀で駆け込んできた警官二人がふたり組の姿のない路地で狼狽している。

見つからないうちにあごを引いて、ぬるい風に吹かれながら思案する。遠からず『里見蓮太郎と紅露火垂らしき人影を見た』と無線で情報が共有され、この周辺は警官であふれかえるだろう。

一刻も早く、ここから移動する必要がある。

「あのタクシードライバーのおじさん、私たちの居場所喋ったのね」

火垂がいつになく暗鬱としたトーンで独りごちる。

彼女の隠れ家が露見したとわかった瞬間、蓮太郎の脳裏にも真っ先にそのことが浮かんでいたが、あえて意識から閉め出していた。

「だとしても、それは俺たちの責任だ」

蓮太郎たちには、あのドライバーを脅しつけるという選択肢も金銭を握らせて口を封じるという選択肢もあった。だがそのどちらの選択も取らず蓮太郎は彼を信じ、火垂も彼を信じた。ならばその結果どのような事態が起こったとしても、帰せられる責任の所在は自分たち以外にあり得ない。

「でも悲しいわ」

「だな」

不意に視線が絡み合うと、火垂が瞳をきらきらさせながら寂しげな笑みを浮かべた。

ドキッと胸が高鳴るのを感じる。

少女と女性、人間とガストレアのあわいをたゆたうイニシエーターだから、こんな危うげな笑みを浮かべることができるのだろうか。

蓮太郎は視線を逸らした。それ以上彼女の顔に、魅入られてしまうことがないように。

ノブを回すと、錆び付いた鉄扉はひどい金属の軋みを上げながら開く。

コンビニで買った安物の懐中電灯の明かりはいかにも頼りなく、火垂の携帯電話のバックライトも込みで使ってようやく周囲を照らし出すことが出来る。

がらんどうな室内の壁面は白く、だだっ広い部屋に二本だけ立っている柱も白い。床面は白い大理石と石粉で真っ白になっていた。

座る場所を確保しようと足で厚く積もった石粉をのけようとすると、瞬く間に濛々たる白煙に包まれて咳が止まらなくなる。コンビニで防塵マスクを買うのを失念したことを後悔する。

「ケホ、まあここなら問題なさそうだな」

あらためてこの彫刻工場が廃墟化していることを確認すると、窓の上にある錆びたシャッターを下ろしていき、月光を遮断する。

部屋がもう二段階ほど暗くなって一気にホラーな雰囲気が漂う。さすがに薄気味悪さに寒気がするが、ここは我慢の一手である。

なにしろ懐中電灯の明かりが部屋の外に漏れて通行人に通報された場合、再び一から今日の宿を探す羽目になるのだから。

懐中電灯を立てて照明代わりにすると、蓮太郎は柱を背にして座る。

隣にちょこんと座った火垂は不満そうに床を見る。

「枕もないのに寝られないわ」

「屋根があるだろ。そこを喜べよ」

事前にホテルの部屋を借りることも勿論考えたが、熟考の末却下した。

警察も馬鹿ではない。隠れ家に蓮太郎たちが戻らないことに気付けば、早急にホテルにも捜査員が聞き込みに回るだろう。手配書のようなものが出回っているリスクも勘案すると、安易に近づくのはためらわれた。

「これからどうするの？」

「そうだな……」

蓮太郎は俯きがちに考えながら言葉を紡いでいく。

「どうも、くだんの『☆』マークが刻まれたガストレアの死体が気になってるんだ。倒したガストレアは一定期間後に処分されるけど、それまではどこかに保管しておくはずだ。そこから当たってみようと思う」

火垂は一つ頷く。

「それと蓮太郎、あのハミングバードとかいう殺し屋のことだけど……」

「それについては俺からもある。アイツの太腿の付け根に、あのガストレアの死体にあったのと同じ五芒星のマークがあった。しかも頂点のところにある羽根が一枚から二枚に増えてた」

火垂が目を見開く。

「それホント？」

「ああ」

「どういうことなのかしら？」

「さっぱりだ」

ヒントがこれしかない以上、いずれにしろもっと情報を集める必要がある。

それからもいくつか今後のことを話し合うと、お互い言葉が途切れる。

沈黙の隙間にミンミンカナカナとヒグラシの鳴く声が聞こえてくる。

不意に、床に突いていた左手に、温かく柔らかいものが載せられる。驚いて見ると、重ねられたのは火垂の掌だった。

「私、人を殺したわ」

左手で膝を抱えて座っている火垂は、さらに抱えた膝に力を入れて小さくなっていく。

蓮太郎はしばらく火垂の姿を眺め、ゆっくりと切り出す。

「火垂、殺人が怖かったならそれは理性の警告だ。その感情を忘れるな。そこを超えると踏ん張りが利かなくなるぞ」

「怖くなくなったらどうなるの？」

「人じゃなくなる。殺人鬼か修羅か……呼び方はなんであれ、ロクでもないものだ」

「そう。ありがとう、覚えておくわ」

言葉とは裏腹に、彼女はとても吹っ切れたとは言えない鬱っぽい表情を浮かべる。ふと火垂の横顔が、里見家にいる元気だけが取り柄の少女のそれとダブる。

蓮太郎は首を振る。どうかしてると思いながら、努めて明るい声で呼びかけた。

「なあ火垂、一つ馬鹿なこと聞いていいか？」

「なに？」

「お前が『再生強化』って呼んでる復活の能力って、銃で頭を撃たれたりしたら一旦は死ぬんだよな？」

「脈拍が停止して、瞳孔が開いて、心臓が止まるわ。あなたの言う死ってそれのこと？」

「じゃあ、天国って……あるのか？」

束の間火垂は目を白黒させたあと、盛大なため息をついてかぶりを振る。蓮太郎は思わずたじろいだ。

「な、なんだよ」

「ホントに馬鹿な質問ね。そんなこと聞いてきた人、初めて」

てっきり答えてもらえないものと思ったが、火垂はしばらくするとチラリと横目でこちらを見る。

「あなた、宗教は？」

「やってない」

「じゃあ教えてあげる。ないわ。真っ暗になって意識が途切れる。失神するのと同じね」

「なんで、宗教をやってるか聞いたんだよ」

「だって、天国がないって言ったらがっかりしそうだから」

火垂は自嘲するような表情で続ける。

「それに、もしあったとしても私は入れないわ。だって天国って人間が入るところでしょ？　私は人間じゃないもの」

3

窓の外にはこぬか雨がパラついて、朝から嫌になるような曇天が広がっている。

眠たげにしばたかれた係官の瞳は、酔眼朦朧としているように見えなくもなかった。顔には物好きな人間もいるものだと書いてある。白衣を着崩しており、髪型がボサッとしているせいで、年齢以上に老けて見える。

係官は、柴田だと名乗った。

「じゃあ、お宅等は、四四九〇号のガストレアを見るためだけにこんな朝っぱらからここに来たの？」

「なにか問題あんのか？」

「いや、別にないけどさ……じゃあハイ、ライセンスだして」

「私が」

面倒くさそうな顔の柴田の掌の上に火垂がライセンスを載せる。

彼が一瞬、おやという表情をして、蓮太郎はギクリとする。決まり事があるわけではないが、こういう場合、プロモーターが代表してライセンスを出すのが通例化している。

自分のは聖天子に没収されたきりだ。

「俺のはその……家に忘れてきたんだよ」

「ああ、なるほど。じゃあイニシエーターでいいから、ここにサインして」

火垂は、よどみなくサインしてペンを置くと、顔を上げる。

蓮太郎も彼女の視線の先を追う。柴田が座っている粗末な椅子と机の奥、鉄格子で隔てられた向こうに伸びている通路を見ていた。

どこからか風が吹き込んでいるのか、薄暗い通路には絶えず風の反響音が聞こえる。

死体保全用に冷房をいれているのだろう、漏れ出てくる空気は肌寒い。隣の火垂が自分を抱いて二の腕を擦る。

蓮太郎と火垂は、朝一でガストレア用の死体安置所を訪れていた。菫の大学病院もガストレアの死体安置所を兼ねているが、ここのような専門施設と比べると見劣りする感は否めない。

柴田が鍵を突っ込んで回すと解錠音がして、錆びた音を立てて扉が内開きに開く。そのまま柴田先導の元、蓮太郎と火垂は通路を進んでいく。

天井灯は青の発光ダイオードを使っているらしく、不気味な雰囲気をいや増している。硬い床材のせいでやたらと三人の靴音があちこちに反響した。

ふと、先導する柴田に向けて尋ねる。

「なあ、どうして、鉄格子なんかで仕切ってあるんだ？　ここに運び込まれてくるのは全部死体なんだろ？」

「死んだと思っていたガストレアが息を吹き返したり、腹に潜んでいた子供が出てきて何度かひどい目に遭ったことがあるからね。その教訓だよ」

そんなことがあるのかと思ってうんざりした。案外、パンデミックはこういう場所でこそ起こってくるのかもしれない。

そうこうしているうちに、柴田が一つの扉の中に入ったので、後ろに続く。

一歩踏み込んだ途端、さらにもう一段階空気の温度が下がる。

八畳ほどの手狭な部屋の壁、その一面すべてに取っ手がたくさんついている。ぱっと見プライベートバンクのように見えるが、取っ手はすべて引き出しタイプの霊安ボックスで人間サイズより二回りほど大きい。

このどれかに、駿見医師の部屋で発見した写真に写っている、星型のマークが入ったガストレアが……。

手元の紙に視線を落としながら目当ての霊安ボックスを探している後ろ姿を固唾を呑んで見守っていると、首尾良く探し当てた柴田がこちらを振り向いて手招きする。

柴田が取っ手を思い切り引くと、冷凍庫を開けたように冷気が吹き出して顔を撫でる。人間一人が寝ても充分に余るだけの棺桶サイズの直方体が眼前に現れる。果たして冷気の靄の晴れた台の上には――

「ん？」

何も載っていなかった。

「あれ？　おっかしーなー」

柴田がひょうきんな顔で渋面を作りながら、バインダーに挟まれた書類をめくっていく。

「ああ、一足遅かったね。君たちより三十分ほど早く、処理官が引き取りに来てるよ」

「処理官？」

柴田があきれたような顔でこちらを見た。

「お宅等、民警なのに、どういうプロセスでガストレアが処理されているか知らないの？」

「知らなきゃ悪りぃかよ」

ムッとして言い返すと係官がわずかにたじろいだ表情を見せる。

「ガストレアが発見されたら、アラートが出て一番乗りで倒した民警に報奨金が出るよね？いままで未確認のタイプなら、弱点の心臓や脳の位置なんかを調べるために解剖に回されて、それが終わると、こういうところでいったん留め置かれる。ウチんところは、一ヶ月ごとに処理官が引き取りに来て焼却場に運ばれて、体内のウィルスを殺すために入念に焼却する感じ」

「焼却？　じゃあ運び出されたガストレアの死体って焼かれちまうのか？」

「九九％の個体はね。まあ一部は剝製にしたり実験用ってことで焼かれない個体もあるけど、例外中の例外だね。惜しかったね、もう少し早く来てくれれば間に合ったのに」

「そんな……」

辿っていた糸が切れる感触に、愕然とする。

頭がくらくらした。ここで手掛かりが途切れたら今度こそ終わりだ。

「おや？　おかしいな」

何かに気付いたのか、柴田がバインダーから顔を上げて困惑顔でこちらを見る。

「ガストレアの引き取り日は、今日じゃないぞ」

「どういうことだ？」

「いや、それが僕にもよくわからないんだ。いつも処理官は、月一回決まった日にガストレアの死体を取りに来るのに、今回だけ例外的に今日の朝に来てる。処理官がこんな不規則に来たのは初めてだ。しかも、引き取っていったのはお宅等が照会しようとしたガストレア一体だけだよ」

火垂と顔を見合わせると、声のボリュームを絞って問う。

「火垂、この処理官って奴は……」

「多分ハミングバードの所属していた組織と同じ連中。ないしは息が掛かった連中ね。どっちにしろ、物証を消そうと躍起になっているのはわかるわ」

それは、裏を返せばその死体を調べられたりしたら困るということである。

俄然、五芒星が刻印されたガストレアの死体の価値は上がったことになる。

「相手も、こっちの狙いに気付いたんだろうな。だから、先手を打つために、わざわざ怪しまれるのも承知で不規則な日程で死体を持っていったんだ。クソッ」

火垂はそこでなにか思いついたのか、柴田の方を向く。

「ねぇ柴田さん、処理官って車で死体を引き取りに来るのよね？」

「そうだね。トラックだよ。運送屋さんが使うのと同じような長いコンテナ付きのやつ」

「今日引き取りに来たって言ったけど、それはいまから三十分前なのよね」

再び頷く。

「その車、電話で呼び戻せない？」

蓮太郎はぎょっとした。

「このバインダー」

言うや否や、柴田からバインダーを奪い取り蓮太郎の前に掲げる。

挟まれた紙束は、火垂が入館の際にサインした記録用紙だ。記帳時間と名前のほかに、身分証や民警ライセンスの確認チェック欄、住所、電話番号、来館目的などを記入する欄が箇条書きに印刷してある。いかにもお役所仕事らしい書類だった。

火垂が指差しているのは、自分たちより三十分早く来て、記帳していった『永原運輸（ながはらうんゆ）』という名前だった。

　つまり火垂は、いまどこぞを走行しているだろう永原運輸のドライバーに連絡を取ってここに呼び戻そうと言いたいのだろう。

「でも、ここに書かれてる電話番号が本物かどうか」

「さっきから何の話をしているのかわからないけどさ……」

　胡乱（うろん）げな表情をしながら割り込んできた柴田が、火垂に言う。

「この永原運輸さんは、いつも来ている業者さんで間違いないと思うよ。対応したのは僕じゃなかったけど、いつもと違う人が違うスケジュールで来たら、さすがに職員も怪しんで止めるんじゃないかなぁ」

　蓮太郎は腕組みする。

「でも、電話が繋（つな）がるとして、なんて言ってトラックを呼び戻す？」

「それは……」

　俯（うつむ）いてしまった火垂を見て、やはり駄目かと思いかけたとき、脳裏に別の考えがよぎる。

「あの連中がなにより優先しているのは、ペンタグラム刻印の入ったガストレアの回収なんだよな。じゃあもう一体、別のペンタグラムガストレアが出てきたって言えば、回収するために引き返して来るんじゃないか」

「それよ！」

思わず耳を押さえるほどの大声が狭い室内に反響する。ハッとした火垂は頬を染め咳払いしてから居住まいを正して続ける。

「その案で、問題ないと思うわ」

蓮太郎は柴田を見る。

「協力してほしい」

自分に矛先が向いた柴田は嫌そうな顔をする。

「なに？　それ僕がやらないと駄目なの？　人に嘘をつくのはちょっとさぁ」

「あんただって、仕事は暇な方がいいだろう？」

「は？　仕事？　まあ、暇すぎるのもなんだけど、忙しすぎるのは勘弁だなぁ……でもなんで？」

「あのガストレアを取り逃したら、大勢の犠牲者が出るかもしれない。そしたら人間用の霊安ボックスがあふれかえってガストレア用のも使う羽目になんぞ」

柴田の表情が硬直する。

「それは……一体……？」

「頼む、何も聞かずに協力してくれ。迷惑はかけない」

幾分かの逡巡があった。

「……わかった。良くわからないけどお宅等を信じるよ。朝っぱらからつく嘘にしては笑えなさすぎるからね」

柴田はそれだけ呟くと、いままでの眠そうなのそのそとした動作はなんだったのかと思うほど、テキパキと準備を始める。

固定電話に取り付くと、受話器を取り、所定の番号にかけると、一転、天井を仰ぎながら快活な声を出した。

「あ、もしもし、永原運輸さんですか。どーもお世話になっております！　あ、いやそれがですね、さきほどこちらにガストレア引き取りに来られたと思うんですが、ええ、はいそうです――」

火垂を連れて建物をあとにする。外の雨はより細かい霧雨になり、強風に吹かれて真横に流れていた。ゴミ袋が猛スピードで視界を横切って転がっていく。

予報では夜までには止むということだったが、朝からこれでは先が思いやられる。道路を挟んで向かい側にあるコーヒーショップに走って入ると、一番安いものを頼む。

客はほとんどいなかった。安置所が見渡せる窓際に陣取る。雨で煙る視界の中、ねずみ色の壁の安置所は深閑としていて、陰気な雰囲気を発していた。時刻を確認すると、午前の九時。

サー、とかすかに降り込める雨音の中、会話もなくほろ苦いコーヒーを飲みながら、手持ちぶさたも手伝って二人とも窓の外を監視する。

やれる事はすべてやった。

安置所で適当なガストレアの死体を一体見繕って、駿見医師の部屋で発見したガストレアの写真を片手に、内臓部分にくだんの『☆』マークを油性ペンででっち上げる。

写真と比べるといささか以上に見劣りするものになったが、血液を塗ってボカすとギリギリ、らしく見えるようになった。

あとは魚が掛かるのを待つばかりだ。

「こんなことやってると刑事ドラマみたいだな」

「なにが刑事よ。あなた囚人じゃない。あきれてものも言えないわ」

眉がぴくりと動き、口元が引きつって震える。

「俺は囚人じゃねぇ。刑が確定してなかったからな」

「五十歩百歩よ」

「この野郎……ッ」

「フン」

「フン！」

お互いにそっぽを向くとそれ以上会話が弾む要素などあるはずもなく、蓮太郎はなんでこうなるんだと思いながらも、気を取り直して遅めの朝食もとることにする。なるべく血糖値を高くするために甘い物を取ろうと、半ば義務的に食物を流し込む。

歯が溶けそうなほど甘いドーナツの四つ目に手を伸ばしたとき、永原運輸（ながはらうんゆ）のロゴを貼り付けたコンテナトラックが音もなく現れ、安置所に横付けする。

おそらくあれだ。

作業員は二人いるらしく、ねずみ色のツナギを来た一人が下りて安置所に駆け込んでいくと、残り一人は車で待機。

蓮太郎と火垂（ほたる）はそっとコーヒーショップを出ると、傘も差さずに大回り。

エンジンのアイドリング音と、排気筒から漏（も）れる生暖かい排ガスに顔を撫（な）でられながら背後から近づく。バックミラー越しの運転手は、タバコを吹かしてラジオを聞いている。こちらに気付いた様子はない。

飛びかかっていきそうな表情で睨（にら）む火垂を右手を上げて制すると、あからさまに不満げな表情を見せる。

「どうして？　運転手はいま一人よ」

「まだ敵だと決まったわけじゃない。尾行して様子を見よう」

トラックの背後、黄色くペイントされた車体のタクシーにそっと近づくと、窓をコツコツと叩（たた）く。仮眠を取っていたらしい運転手は、目深（まぶか）に被っていた帽子をあげて眠そうな半眼でこちらを見る。

胡乱(うろん)げな瞳(ひとみ)がわずかに考え込むように揺れると、パカッと音がして後部のドアが自動で開く。

「どこまで？」

蓮太郎(れんたろう)は乗り込みざま、前の車を指差す。

「もうすぐ前のトラックが動くから、追いかけてくれ」

運転手はびっくりした表情でこちらを見る。

昨日タクシーを使って、隠れ家(かくれが)がバレた記憶が一瞬(いっしゅん)よぎり身を硬くする。

適当に言い繕(つくろ)って運転手を説得。釈然(しゃくぜん)としないながらも彼はハンドルに手をかけて視線をトラックに据えた。

車のワイパーが規則的な左右運動をして、霧雨(きりさめ)に曇(くも)るガラスを払っていく。ガラスを伝った水滴がゆっくりと流れ落ち、やがて他の水滴と合体して一気呵成(いっきかせい)に流れ落ちる。

誰(だれ)も一言も発さなかった。

しばらくして、ガストレア用の大型担架(ストレッチャー)に白い覆(おお)いを掛けて処理官が出てきた。

処理官はトラックのコンテナ後部まで行き周囲を警戒。間隔を開けたノックを数回行う。

と、コンテナが内側から開いてもう一人の処理官が現れ、心臓が跳ねる。

まだ、仲間がいたんだ。しかしなぜ冷蔵コンテナにまで人が乗っているのだろうか。

蓮太郎の疑問をよそに、ストレッチャーからコンテナに二人掛かりでガストレアを運び入れていく。蓮太郎側からはコンテナの奥が陰になってよく見えないが、一瞬、わずかな光を跳ね返すキラリとした輝きが見えて、眉をひそめた。

「火垂、いまの見たか？」

「なにが？」

「……いや、ならいい」

見間違いであってくれと祈らずにはおれなかった。もし、一瞬見えたアレが蓮太郎の想像通りのものであれば、このトラックの心証は真っ黒になる。

エンジンを吹かすと、トラックは鈍重に走り出す。相手が充分に先行したのを確認して、タクシーもそろそろと動き出す。

細かい雨がパウダー状に降り、ワイパーがメトロノームよろしく機械的に左右に振れる音が虚無的に車内に響く。誰もが息を詰めて前方を見ていた。

急場凌ぎに捕まえたタクシーだったが、運転手の手並みは見事としか言いようがなかった。

ガラス越しの視界は決して良いとは言えなかったが、接近しすぎることもなく、かといって決して引き離されることもなく、車はやがて国道を逸れて高速道路に入る。

だが、有料道路自動料金徴収所を越えたところで、変化が訪れる。

トラックが突如右の車線に移って急加速。慌てて加速するように指示して追うが、かと思うや急にトラックは減速する。

不可解な現象に眉をひそめて、次の瞬間愕然とする。

もしかするとトラックの運転手は、尾行者に勘付いてそれをあぶり出すために誘いをかけたのではないか。

まんまとこちらを釣り込んだ処理官は、いまやはっきりと尾行者の存在を確信しただろう。

と、次の瞬間、再びトラックが加速。蓮太郎の予想を裏書きするように今度の加速は緩まず六車線ある車列を縫うような蛇行運転を繰り返して見る見る遠ざかっていく。

「逃げられる！　追ってくれッ！」

腰を浮かして指示していた蓮太郎は、次の瞬間の猛加速で、足がもつれて座席側に押しつけられる。

エンジンが猛烈な唸りを上げ車体を揺する。スピードメーターは一〇〇キロの壁を越え、じわじわと高速道路の法定限界速度に迫りつつあった。

見る見る加速し、先行する車を捕らえ、きわどいハンドリングで追い越す。

霧雨の帳と濡れた路面はタイヤのグリップ力を低下させ、わずかにハンドルを切り間違っただけで大惨事になるのは火を見るより明らかだった。

「こ、これ以上は勘弁してください！」

ついに運転手の泣きが入る。

エンジンは火を噴きそうなほど轟音を上げ駆動し、だがその甲斐あって視界から消えそうだったトラックを再び射程圏内に捉える。

重いコンテナを背負っている相手より、こちらの方が分があるのだ。

左側に行って並走するように指示。隙を見てコンテナ側面に回り込むが、突如トラックが猛烈な速度で幅寄せしてきて、危ういところで速度を落とし、ガードレールとコンテナにすり潰される惨事を回避。冷や汗が噴き出す。

だが本当の恐怖は、突如内開きに開いたコンテナの中を見たときに訪れた。

中から現れたものを薄目で捉えて瞠目する。先だってのガストレア搬送時にチラリと見えた鉄の器械は車載用に床面に固定され、獰猛な銃口をこちらに向けていた。

ブローニング社製M2重機関銃。

対戦車ライフルにも用いる強力無比な五〇口径弾をフルオート連射する銃で、本来、航空機撃墜や装甲車破壊に使う、マシンガンならぬ『マシンキャノン』と呼ぶべき代物である。断じて、ただのガストレア運搬業者が持っていて良いものではない。

敵組織も、すでに蓮太郎の読みに気付いて万が一を考慮していたのだろう。

コンテナに乗っている処理官が、巨大な重機関銃のコッキングハンドルを引いて、弾を発射可能にすると、こちらを照準。

死んだ――そう理性を超えた第六感が告げ、銃声、閃光。

大音声と共に車がスピンし、視界が激しく回転。わけもわからず振り回され、視界の端に高速道路を囲うコンクリ壁が迫ってくるのを見とがめる。ぎゅっと目をつむった。

「蓮太郎！」

突如、脇腹に衝撃と共に、押しつけられるような浮遊感。次の瞬間、怖気を震うような破砕音を聞いた。

だが、予期していた激痛がない。風が頬を撫ですぎ、横殴りの夏の雨が全身を叩いている。

制服の上着が逆巻いてはためく音を聞く。

薄目を開けると、そこは空中だった。蓮太郎を荷物よろしく小脇に抱え上げて必死に歯を食いしばっているのは、誰あろう紅露火垂だった。

間一髪、衝突寸前の車両から自分を抱え上げ脱出したのだ。

感謝の言葉を口にしかけたとき「落ちるわよ」という言葉が差し挟まれる。

同時に、いきなり重力方向に引っ張られ、濡れた路面が致命的な速度で視界に迫り来る。直前、通りがかった中型トラックのコンテナの上に二人して前転して着地衝撃を殺すが、風と雨で滑るコンテナの端から滑り落ちそうになりながら危うく手掛かりを摑む。

三半規管のダメージで吐きそうなほど回る視界の中、必死に現状を把握しようと努める。

敵コンテナの上に落ちたかと思って顔を上げるが、違う。

前方、雨の中を高速で前方車両をごぼう抜きしていく敵トラックは、尻を振りせせら笑うように遠ざかっていく。

思わず背後を振り返る。

「タクシーの運転手はッ？」

「いまは前に集中して！　死ぬわよ！」

蓮太郎は焦る心を落ち着けるため三秒だけ目をつむって、心を切り替える。

「火垂、お前だけでもあのトラックまでたどり着けないかッ？」

「無理よ！　あのトラック一三〇キロは出てるわ！」

トラックコンテナ上部で、互いの声の聞き取りづらさに絶叫で会話。嵩を増して降り注ぐ猛雨と強風でみるみる体温が奪われ、服はぐっしょりと濡れる。

延珠さえいてくれれば……。

前方を見ると、敵トラックとの距離は開いていく一方だった。銃撃は止んでいる。敵も横殴りの暴風雨に視界を塞がれて、無駄弾を撃たない戦略に出たのだろう。だが、こちらが必要以上に近づけば、当然その限りではない。

どうする？

「じゃあ火垂、俺を連れて車を飛び移れるか？」

火垂が一瞬、目を見開いてこちらを見るが、わずかな逡巡のあと、小さく頷くと荷台の上で立ち上がる。

「近くまでしか行けないわよ」

彼女に続いて立ち上がると、正面から猛烈な空気抵抗と驟雨。吹き飛ばされそうになりながら彼女の背におぶさる。

火垂は、半分だけ振り返ると、決意を込めて大きく跳ぶ。前方、黒塗りのバンの上に飛び移り、さらにバンを追い抜くセダンの上に跳躍。次々と車を飛び越え、再び敵トラックを猛追する。

蓮太郎はハラハラしていた。雨風の影響は勿論、もし目算を誤って足場の車を踏み間違えば、即座に二人とも地面に激突して、大ダメージを負うことになる。

だが、火垂の水際立った動きは、一髪千鈞を引くきわどいタイミングの中、連続ジャンプを超絶的とも言える精度でこなしていた。

紅露火垂。彼女もまた常人には決して培えない天性のセンスがある。

「見えてきた！」

火垂の肩越しに雨の帳の中に目をこらすと、赤い尾を引くテールライトを捉える。

だが、それは同時に相手の射程圏内に入ったということでもある。

脱落したと信じて疑わなかった二人がいままた追いすがってくる様子を見た機関銃手は、驚いた表情で重機関銃に飛びつくと、銃座を回転。

緊張で血管が収縮する。

「来るぞッ！」

途端に猛烈な銃火を吹き、ブローニング機関銃は車両手前の多孔質コンクリートを土塊同然に粉砕。破滅的な弾痕を穿ちながら銃弾が迫り来る。

火垂も負けていない。さきほどよりもさらに素早く正確に、次々と車両を飛び移っていく。五〇口径ブローニング弾は、こちらのいた車両を一瞬後に、エンジンブロックごと撃ち抜き爆発炎上させる。車両は悲鳴じみたスキール音を撒き散らしてスピンし脱落。

火垂が高速道路の車を超人的な練度で飛び移り、放たれた重機関銃がその軌跡を追って彼女の足場をスクラップに変えていく。

切れ目ない銃声が、雨を蒸発させ、その隙間を縫って火垂と蓮太郎が飛び交う。

蓮太郎の頬を超音速弾がピィンという音を立てかすめる。ただ強烈なGに振り回されるしかない蓮太郎は、鳴りそうになる歯の根をきつく食いしばって耐える。

「弾幕がきつくて近づけないッ！」

飛び移り可能な車両を矢継ぎ早に失って、火垂はじわじわと追い詰められていた。後続の車列は機関銃弾にやられて阿鼻叫喚の地獄絵図になっている。

なんとかできないかと思考を回転させて――その時、遠方の光景を見て血の気が引くのを感じた。

「火垂、トンネルだ！」

小高い山をくり抜いたトンネル天井は三、五メートルほどしかなく、大ジャンプによる車列への飛び移りを封じられたらあとは死を待つばかりだ。

万事休すか、そうきつく眼をつむったとき、起死回生の一手が雷撃のように脳裏を駆け抜ける。

「火垂、お前天井を走れるか？」

火垂が一瞬口を開けてこちらをみて、すぐにその意図に気付いたのだろう。決然と前方を見る。

「三秒だけよ。それで決めて」

みるみる迫り来るトンネル開口部が、哄笑する悪魔の口と二重写しになって見える。

ブオンという風切り音と共にトンネル進入。束の間、雨の帳が晴れ、視界が開ける。機関銃が回頭しこちらを照準。ほんの一刹那分早く飛ぶ火垂。

直後に銃声と爆風。振り返らない。振り返る暇も無い。

火垂は背後に構わず跳躍しざま、天井に着地。そのまま水平に天井を駆け抜ける。

「蓮太郎！」

蓮太郎も裏返った視界の中、火垂の背に負ぶさっていた両手を離し、空中ブランコに足だけ引っかけたような、天地を反転させた体勢になる。

両手がフリーになった蓮太郎は、ベレッタ拳銃をグリップし、視界を逆さまに銃を構える。

照準具の奥に車両を照準しながら、呼気と共に静かに瞳を閉じ——刮眼。

義眼の解放。回転する黒目内部に幾何学的な模様が浮かび上がり、超高速演算を開始。

上着の裾が蓮太郎の怒気を露わにするように風でめくれ強くはためく。

――よくもこんなに民間人の被害者を出してくれやがったな。

修羅の形相で敵を見据える蓮太郎の無軌道な戦法を見て、果たして敵機関銃手は恐怖に身をおののかせながら必死に機関銃の銃口をこちらに向けようとしているが、遅すぎる。

蓮太郎は三回引き金を引いた。

狙いは機関銃手――の脇、後輪左のタイヤだった。

圧縮した窒素がしこたま詰まったタイヤに銃弾で穴が空いた瞬間、高まっていた内圧が外側に逃げ場を求めタイヤが一気に破裂。

傾いだ車体がハンドル操作を誤って、トンネルの右壁方向に激突。

ブレーキを踏むが、一二〇キロ以上出していたことが災いして、めくれ上がった車体を支えきれずに横転。鉄くずを撒き散らし地面をバウンドする車体は三〇メートル以上転がる。機関銃手が放り出されて地面に打ち付けられる。

だが、無理な体勢から射撃した蓮太郎にも反動は訪れた。

イニシエーターの軽量級の体重ならまだしも、土台蓮太郎を背負って天井を駆けるなどという大技は無理があったのだ。

投げ出される浮遊感に襲われたと思った時は、反転した世界の中、頭上にアスファルトが迫っていた。

咄嗟に身を丸めると、肩口から激突し、鞠のように跳ねる。脳を焼く痛みと、衝撃で吹き飛ばされ回転。

ようやく止まったのを確認して、嘔吐きそうになるほど回る視界の中、震える体を押して路面に手を突き身を起こすと、自分同様投げ出された火垂に向かってふらつく足取りで走る。

「火垂！　おい火垂！」

かがみ込んで頬を叩く。頭から落ちたのだろう、側頭部から鮮血をしたたらせて仰向けになっている火垂は身じろぎもしない。

何度目かの呼びかけで、火垂はゆるく瞳をしばたかせて、朧げな瞳でこちらを捉える。

「馬鹿ね、あなた。私は再生能力が高いから、あなたよりもずっと頑丈よ」

自然に安堵の吐息が出る。

「アホ……。そういう問題じゃ、ねぇだろがよ」

なまじ再生能力なんてものがあるから、彼女たちは『子供が傷つき倒れていること』こそが問題なのだと気付きもしない。

「それより、トラックは？」

ハッとして背後を見て、火垂に安全を確かめてくると言うと、路面を滑っていたベレッタを拾って慎重に車両に近づく。

横倒しに倒れたコンテナは車線を塞ぎ、背後は立ち往生した車が大量にストップして混乱のざわめきが生まれていた。

ツナギを着た処理官は、頭部から出血した重傷一人、打撲による軽傷二人というところ。あんな派手なクラッシュを見せつけられたあとなので、むしろ死亡者がいないことに驚きを感じる。かろうじて意識があるのは一人だが、しばらくは怪我の痛みで思うに任せまい。

背後に回ると、冷蔵コンテナからは内容物のガストレアの死体二体が投げ出されていた。

――ようやく見つけた。

蓮太郎が偽のペンタグラムマークを描き込んだガストレアと、そしてもう一体は、駿見医師の部屋の写真にあったガストレア。

六メートル近くある体長は圧巻の一言だった。鼻が長いという奇妙なシルエットがひときわ目を引き、飛行生物らしく羽根が付いていて、あばら骨が膨らんでバスケットのようになっている。

蓮太郎にも何の生物因子の掛け合いによるものなのか同定不能だった。

「一ヶ月前、私と鬼八さんが倒したガストレアで間違いないわ」

火垂は、どこか忌まわしい物を見るような目で足下のガストレアを見る。

このガストレアがすべての騒動の発端だった。

このガストレアから星型のマークが発見されて、その解剖を務めた駿見医師はなにかを摑んだ。そして水原もろとも消された。

このガストレアのどこかに、いまもって実態が摑めない『ブラックスワン・プロジェクト』と呼ばれる何かに繋がるものがあるはずなのだ。否、そうでなければ困る。

蓮太郎は死体安置所で失敬していたニトリルゴム手袋をパチンと嵌め、嫌悪を押して手術痕のある腹部をめくる。途端に目の奥にまで染みるツンと酸っぱい匂いが鼻の粘膜を刺して顔を背ける。

だが、このままもたついているわけにはいかない。

当然、高速道での銃撃戦の顚末はすでに警察の知るところなので、逃走する時間も含めると、できればあと二分で片をつけたかった。

腕を押し込む。薄いゴム越しにぬめぬめする腹部の肉を指先に感じながら、心臓を露出させる。イカの内臓のような混然とした半透明の臓器――その心臓付近に目的の『☆』マークを見つけ、ナイフを腰から抜く。

慎重に、近辺の細胞を賽の目に切り取って、用意していたフィルムケースに放り込む。

念のため、表皮もサンプルを取っておく。

このままではすぐに細胞は腐り落ちてしまうので、急いで近場のスーパーに寄って、ドライアイスを買わねばと脳に刻む。

だが、もう一つここを離脱する前にやらなければならないことがあった。

蓮太郎はもう一度運転席側に移動すると、ドアを開けて意識のある処理官の襟ぐりを掴んで引っ張り出し、路面に座らせる。

頬は切れており、ツナギの胸部に血の染みがあったが、こちらを無言で睨み上げる瞳には、純粋な敵意があった。

「貴様等に逃げ場はないぞ」

「このガストレアをどこに運び込む気だった」

処理官は答えない。

「お前たちの組織はどうしてこのガストレアを回収しようとした」

処理官は答えない。

「『ブラックスワン・プロジェクト』ってなんだ」

「…………」

「答えろよテメェッ」

怒気を露わにして拳を振り上げたとき、その腕が掴まれる。

火垂は無言で首を振る。

「時間よ」

熱くなって気付かなかったが、耳を澄ませると遠くからサイレン音がかすかにする。

蓮太郎はツナギの男をもう一度憎悪を込めて睨め付ける。

彼に聞きたいことは山ほどあったが、まさか拉致して逃走するわけにもいくまい。クソッ。

「蓮太郎、次はどこに？」

蓮太郎は火垂の前にフィルムケースを持ってくると軽く振って声のボリュームを落とす。

「このガストレアの細胞サンプルを分析するための施設を貸してもらう。協力してくれるかわかんねぇけど、一人だけ心当たりがある」

最後にもう一度、蓮太郎は処理官に向かって半分だけ振り返る。

「櫃間とダークストーカーに言っておけ。延珠もティナも木更さんも必ず俺が取り戻すってな」

蓮太郎は正面を睨むと、火垂と共にその場を離脱した。

4

君嶋貫之は座るスツールの硬さを確かめながら口元を引き結ぶ。

すでに三時間だんまりを決め込み、視線を落とし俯いている。

突如、座っている目の前のスチール机が掌で叩かれる。

「いい加減、なんとか言ったらどうなんだ？　あ？　いつまでそうやってるつもりだ」

体育会系を絵に描いたような角刈りの刑事の体軀は、ただでさえ狭い取調室をさらに手狭に見せることに一役買っていた。

雨脚はさらに強くなり、取調室はむしむしと暑い。

貫之は煤と血で汚れたツナギから、わずかに顔を上げる。

「黙秘する。弁護士を呼んでくれ。それまで事件については、一言も喋るつもりはない」

その頑なな態度は、結果的に刑事の怒りに油を注ぐのに充分な効果をもたらしたらしい。

「なんなんだその態度は！ お前は自分の立場がわかっているのか？ お前とお前の仲間が高速道でぶっぱなした機関銃のせいで死人が出てるんだぞ。どうしてお前の車には機関銃が積んである？ あんなもんをどこから手に入れた？ お前たちが運んでいたガストレアを、どこに持っていく気だった？」

再び沈黙の殻にこもった貫之を見て、刑事は怒りのあまり唇を引きつらせる。その様子は、嗜虐的な笑みに似ていた。

「決めたぞ、お前は俺がこってり油を搾って豚箱にぶちこんでやる。しばらくはシャバの空気は吸えないと思え」

その時、取調室の扉が控えめに二回ほどノックされる。

刑事は舌打ちしたあと「誰だ一体」と悪態をつきながら椅子から立ち、扉の外で応対をする。

途端に「いや、これは……ッ」と恐縮した刑事のかしこまった声が聞こえてくる。

貫之が何が起こったのかと訝っていると、「しかし」「でもそれは……」という声が続いて、ついに沈黙して何も声が聞こえなくなってしまう。

しばらくして取調室に入ってきたのは、先ほどの刑事ではなかった。

やや面長の顔にシルバーフレームの眼鏡をひっかけており、知性的な顔つきをしている男だ。

ここに現れたということは刑事であることは間違いないだろうが、何者だろうか。

緊張に固唾を呑んで見上げていると、貫之の前まで来た男が立ち止まり、おもむろに両手を広げる。

「君を守りに来た」

男が右手のシャツとスーツをまくり上げる。

刑事の上腕部には五芒星のマーク、五つの頂点の内三つに複雑な意匠の羽根が描かれている。

脊髄を電流が貫き、貫之は即座に立ち上がって、礼を取る。

「失礼いたしましたッ！　まさか『三枚羽根』が来られているとは」

「櫃間篤郎という。安心しろ、この部屋には監視も盗聴もない」

「仲間はどうなりましたか？」

「病院で治療中だ。勿論監視つきだがね。状況を聞こう」

「ハッ。例のガストレアは土壇場で警察に押さえられる前に二体とも燃やしました。ですが、奴等に細胞サンプルを取られました……」

「奴等はどこに向かったと思う？」

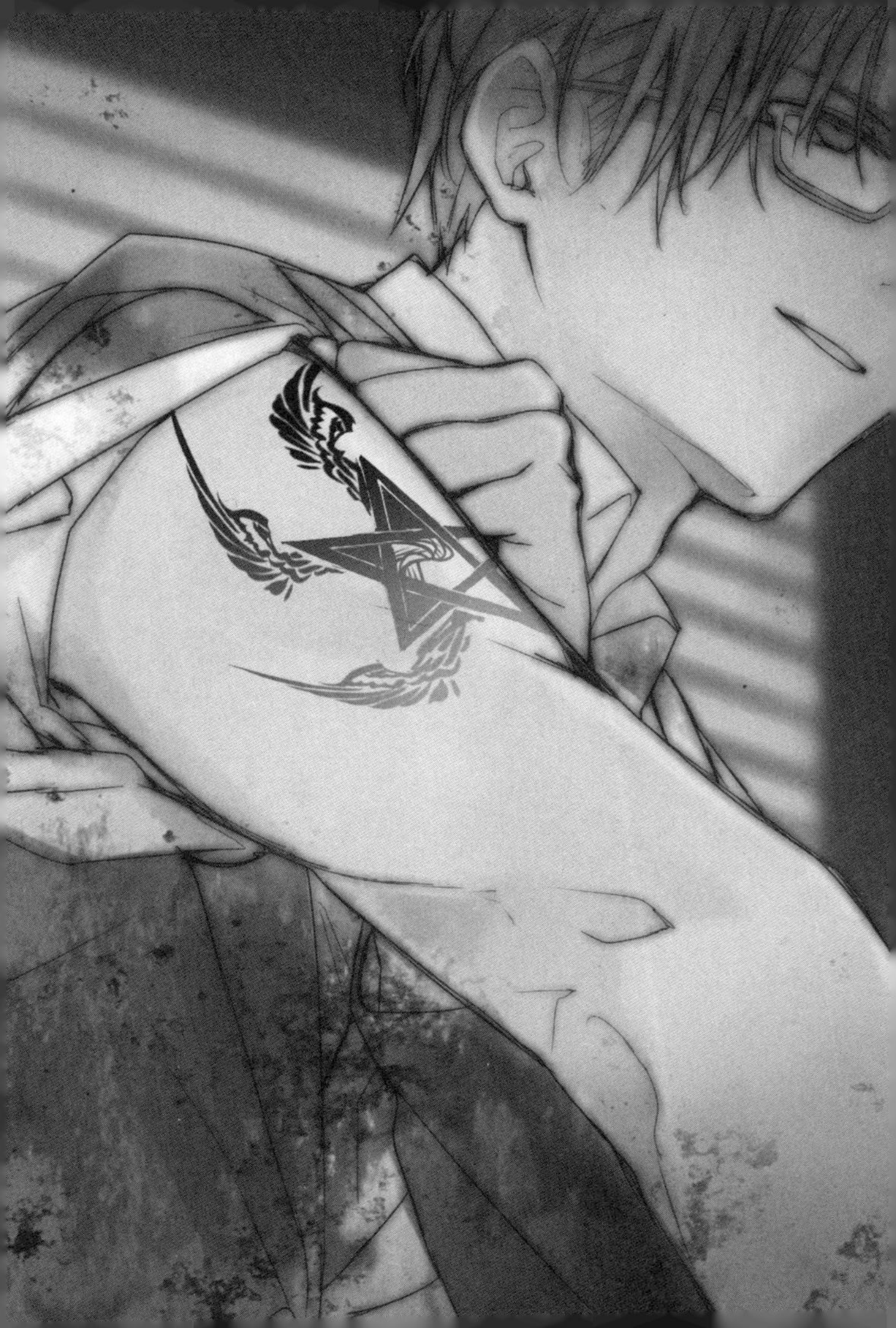

「奴等は例の計画に近づきつつあります。細胞サンプルを分析するための施設を探すでしょう。この辺りでそんな高度な研究施設となると……」

櫃間の眼鏡の奥の瞳が細められる。

「司馬重工か」

多田島は車から降りると、脱いだスーツを傘代わりにかざして、豪雨の中、勾田署まで一目散に駆け込む。

勝手知ったる署内を進む多田島の歩調は、知らず知らずに速くなっていた。捜査本部が置かれている大部屋を素通りして、刑事課のプレートをくぐる。刑事は全員里見蓮太郎脱走事件で出払っていて閑散としている。

里見蓮太郎が生きていることが捜査本部内で周知されると、解散ムードだった捜査本部は俄然忙しくなった。それに続いて、今度は高速道での事件である。

と、目的の取調室から櫃間が出てきたところだった。

「櫃間さん、高速道乱射事件の犯人はッ？」

「多田島さん、彼の身柄は一旦本庁で預かります」

「なんですって」

多田島は呻く。

「ふざけんでくださいッ。タクシーの運ちゃんは意識不明の重体。トラック後部に積まれていた重機関銃で撃たれたホトケが四人。他にも重軽傷者が夥しい数出ていて、担ぎ込まれた病院は野戦病院みたいになってますよ。もう何が起こっているのかまったくわからんのです。死んでいった被害者のためにも、私はホシの口をペンチを使ってでも割らなきゃいけないんです。そこを通してください」

「総監命令です」

にべもない櫃間に、多田島はついに我慢の限界に達する。

「櫃間さん、私も命令無視をよくやるから署長には煙たがられていましたがね……アンタがやっているのはれっきとした捜査妨害だッ！　アンタは総監と謀ってなにをやっているんですか？　頼むから私にアンタを信用させてください」

櫃間は答えない。ただ見下したような冷たい視線でこちらを見るばかりだ。

その瞳を見て多田島は、自分と櫃間の間に横たわっている溝の深さと暗さに気付く。たとえ天地がひっくり返っても彼の翻意はあり得ない。そう悟ってしまったのだ。

多田島は踵を返す。

「あなたとはここまでです。ここからは勝手にやらせてもらいます」

「捜査本部からは私と二人一組で動けと言われているはずです。勝手な真似をすれば本部に報告させてもらいますよ」

「勝手な真似をしたのはそっちが最初だ。もし気に入らんなら密告なり処分なりなんなりしてください」

多田島はそのまま振り返らず、署をあとにした。

その背を見送る櫃間は、多田島が消えたのを確認するとやれやれとばかりに首を振る。

「いま消さないと、きっとまずいことになりますよ」

いつの間にか隣にいたダークストーカーこと巳継悠河が両手のポケットに手を突っ込みながら鋭い視線を多田島に送っていた。

櫃間は首を横に振る。

「いや、相棒が殺されたら、私まで責任を問われる。放置しておけ。後ろ暗いことをしているのは我々も一緒だからな」

悠河は警戒を解いて肩をすくめる。

「で、どうするんですか櫃間さん？　今度ばかりはまずいんじゃないですか？　機関銃まで乱射した挙げ句、組織のメンバーが三人も逮捕されてるんですよ」

櫃間は中指で眼鏡のブリッジを上げる。

「問題ない。意識のない二人は病院でそれぞれ心臓麻痺で死亡することになっている。君嶋貫之も留置場で遺書を残して首を吊る予定だ。秘密は漏れん」

「抜かりはない、というわけですか」

「そうだ。失敗者には死を」

「里見蓮太郎を本気で消したければ僕を使うべきです」

「決定は覆らん。適役はソードテール。お前は待機だ」

悠河は冷たい瞳でこちらを一瞥したあと、無言で警察署の廊下奥に消えていく。

たしかに奴の戦闘力の高さは折り紙付きだが、なにを考えているのか読み切れない得体の知れなさがあった。

腹に一物ある人間より、純粋な戦闘機械の方が御しやすい。

時刻は午後の八時になっていた。窓の外を見ると、朝から泣きっぱなしだった空はようやく落ち着きを見せている。蒸し暑い夜の気配が訪れていた。

5

雨が上がり暗闇が辺りを押し包み、所々に立った街灯がスポットライトのように闇路を照らしている。

蓮太郎は火垂と連れ立って、塀から顔を出し、前方に広がる開けた敷地を覗き込む。正確には、その敷地の一部を。

「凄いな」

「武家屋敷みたいね……」

時代劇に出てきそうな敷地一帯を取り囲む高い築地塀奥、三階建ての家屋の屋根が覗いていた。

どこぞの名所旧跡を買い取って、まるごと家屋として使っている、そんな印象だった。

思えばかねてから場所は聞いていたものの、実際に訪れるのはこれが初めてだった。

——司馬重工社長令嬢・司馬未織の住む屋敷。

司馬重工は、自衛隊や警察への武器全般の供給者としての顔の他にも、様々な最新の電子デバイス、警察からの依頼により守秘を徹底した上で弾道計算、ＤＮＡ検査などの科学捜査関連にも着手しているハイテク産業なのに、この和風趣味を通り越した旧態依然とした佇まいの家はなんなのだろうか。

一つわかったのは、未織の和服好きは決して彼女本人の酔狂というわけではなく、一族のしきたりなのだろう。

問題は、この広大な敷地の家の中から未織を探し出して協力を要請しなければならないこと。当然、逃亡犯に転落したいま、正門のドアベルを押してもまともに取り合ってはもらえないだろう。いや、それどころか——

蓮太郎は隠れ潜んでいる塀から顔を覗かせて塀沿いに視線を沿わせていくと、ほどなくして予想していたものを見つけて、慌てて顔を引っ込める。

「いるな」

「いるわね」

正門近くには巧妙に目立たないように停めてあるが、車が見える。見飽きたパンダみたいなツートンカラーの警察車でこそないが、あれもおそらく警察の車だろう。

正攻法が使えない以上、搦め手を用いるしかない。

「俺が行く。塀の上までいいから運んでくれ」

「私が行くわ。あなたが説得しなくても、その司馬未織って女を攫って言うこと聞かせればいいんでしょ？」

「な、なに？」

蓮太郎が困惑して見ると、火垂がフフンと鼻を鳴らした。

「私の敵はいままで撃てば倒せたからね。銃を突きつけて従わせた方が手っ取り早いって言ってるのよ」

「ザケンナ、テメェみたいな危険人物なんかに未織を任せられっかよ」

「あなたこそ勘違いしないで欲しいわね。私は最適な行動を、最適な手段を使って実行するだけよ。こっちの方が手っ取り早いなら、それに越したことはないわ」

蓮太郎は頭を抱えたくなった。

「未織（みおり）はお前の命令は聞かなくても、俺の頼みなら聞く」

「大した自信ね。じゃあ勝負しましょうか」

「おい、お前なに言って――」

いきなり腰に手が回されたと思うや、乱暴な加速感と共に足が地から離れる。再び地に足が付いたときには、そこは築地塀（ついじべい）の上だった。

「伏せて」

訳もわからぬままに火垂（ほたる）に倣（なら）って腹ばいになって伏せると、カランと陶器（とうき）を叩（たた）いた音がする。雨で濡（ぬ）れた硬い瓦（かわら）が腹に当たる。

塀の上からは司馬家（しばけ）の広大な敷地が一望できた。状況も忘れてため息をつく。

眼下、等間隔に立つ石灯籠内（いしどうろうない）に焚（た）かれた灯火が闇路（やみじ）を照らし、中央にある巨大な池水の中央には一島を置き、四阿（あずまや）が建っている。

回遊路の随所（ずいしょ）に手水鉢（ちょうずばち）。変化にとむ景観をつくりだし、本宅とは等距離にいくつもの離れらしき建物が散見される。

まるで日本庭園のセットを見ているようだった。これが司馬家の屋敷。

だが、当然ただ綺麗（きれい）なだけではない。そこかしこに監視（かんし）カメラが設置されて首を振っているし、巡回警備員らしきものも見える。

「私とあなた、どっちが先に司馬未織を見つけられるか勝負しましょう。私が先に見つけたら、私のやり方で彼女を従わせるわ。どうせやることは同じなんでしょ？」

呼び止める暇もなく立ち上がって、瓦塀の上を音もなく駆けていく。

蓮太郎は、あきれかえってしまった。

所詮、復讐者と罠に落ちた民警が胸算用で手を組んだ薄氷の同盟とはいえ、同床異夢が露わになれば、このありさまだった。

彼女の念が復讐にしか向いていない以上、その目的を達成するためにどれだけの人間の思惑や想念を踏みつぶすことになろうとも歯牙にもかけないだろう。

つくづく、厄介な少女と手を組んだものだと思う。

同時に、だからこそ未織を火垂に任せるわけにはいかない。

といっても、蓮太郎にも未織の居場所に心当たりがあるわけではない。思考が暗礁に乗り上げかけ、今一度塀の上から屋敷を一望する。現在午後の八時。常識的に考えれば、本宅で食卓を囲んでいるか、風呂でも入っている頃合いだろうか。

確率論的に考えて、真っ先に本宅に向かった火垂の判断は、悔しいことに是である。

そういえば昔、未織は稽古事や塾で忙殺されているとこぼしたことがあったなと思う。飄々として滅多に愚痴をこぼさない彼女だからこそ、珍しいなと思って記憶していた。

家庭教師は勿論、日本舞踊、琴、弓道。親の意向で、未織が一人でくつろぐ時間は周到に潰されているらしい。そのストレスが彼女に愚痴の一つもこぼさせたのだろう。

——弓道？

蓮太郎ははたとして、敷地内を眺め渡すと、ほどなくしてそれは見つかった。

本宅の壮麗な佇まいを見たあとでは、馬小屋かと思うほど粗末なあばら屋。こちらから見て奥手側に霞的らしきものが据えられている。遠すぎて目を凝らしても判然としない。

逡巡したあと、一つ頷いた。

塀から地面まで八メートルほどあるだろうか、飛び降りるにはやや勇気のいる緩い勾配のついた屋根を尻で慎重に前進し、足を宙ぶらりんにする。

と、湿った瓦が滑って、咄嗟に手を突くも遅かった。蹴り出されるような感触のあと、出し抜けに浮遊感、ゾッとする間もなく暗い地面が迫ってくる。

足から土の上に落下すると、脊髄を伝って頭頂まで駆け上がるほどの衝撃が伝わる。なんとか尻餅をつかずにいると、真上にさらに濃い影が覆って来て、両手を頭上に掲げ、はっしと落下物をつかみ取る。蓮太郎と一緒に落下してきた屋根瓦は、割れて侵入者の存在を声高に叫べなかったことがさも不愉快とばかりに不機嫌な沈黙を返す。

こんな情けない形で侵入がバレればいい面の皮である。

その時、動物の唸り声が間近で聞こえて、その場に固まる。

そういえば、監視カメラ、巡回警備員とセットで出てくる動物を、蓮太郎はいまだに目撃していていなかったことに気付く。

冷や汗をかきながら声の方に首を向けると、果たしてそれはこちらを見ていた。

赤茶色の短い毛が密生しており、精悍な表情をしている。くさび形の頭部を持ち、断耳して小さくなった耳をぴんと立たせ、グル、と剣呑な唸りを上げている。

——ドーベルマン・ピンシャー。

司馬家の番犬だった。

すぐ警備員が飛んでくる。ぐずぐず考えている暇はなかった。

相手が飛びかかりやすいように、腰をかがめて攻撃を誘う。果たしてドーベルマンは唸りを上げてこちらの首元めがけて躍りかかってくる。

攻撃が来る位置がわかっていれば避けることも、すれ違いざまに首元に手刀をたたき込むことも、そう難しいことではない。

ぐったりとしたドーベルマンの足を引きずって、蓮太郎ごと近場の林の中に隠れ潜むと、図ったようなタイミングで警備員が駆けてきた。

息を詰め、草場の闇より相手を注視していると、一瞬懐中電灯の光が通過し、眩しさに目を瞬く。

せわしなく首を振って周囲を窺っていた警備員は、やがてため息を吐く。急に自分の行動が恥ずかしくなったのか、誰に聞かせるでもなく「戻るか」と言って、視界から消えた。

詰めていた息を大きく吐いて胸を撫で下ろすと、監視カメラに捕まらないように松並木に身を隠しながら、池を大回りするようにして矢場を目指す。

石灯籠から菜種油の燃える甘酸っぱいにおいがして、風でそよぐ火先が蓮太郎の影をわずかに変え、ほんのりと暖かみを感じる。

本宅では酒盛りでもやっているのだろうか。頬を撫でる風に乗ってかすかにやんやの喝采と雅楽の音が聞こえてくる。

池を大回りし岩の裏手から顔を出し、ようやく矢場を視界に捉えたとき、タン、という軽やかな音と共に、的に矢が刺さった。

誰かいる。

雨で露光るひんやりとした葦の葉を掻き分けて、中腰になりながら細心の注意を払って的場の裏から近づく。

再び空を切る音と勢いよく何かが突き立つ音。

闇に順応した蓮太郎の眼には、白い部分が目立つ弓道衣の少女の姿がはっきり見えた。

胸当てをして弓弦を引いた姿勢のまま残心する高貴な姿。かんばせに浮かぶ汗もまた綺麗だ。

だが、闇を透かして見る表情はどこか浮かない。まるで惑いを振り切るために一心に弓に打ち込んでいるように見える。

「クソ暑いのに精が出るな」

「誰ッ？」

害意をないことを示すために両手を上げながら近づく。

射場には、こんな時間にもかかわらず照明も焚かれていなかったが、彼女もまた、夜に慣れた目でこちらを見とがめたのだろう。

驚愕、そして息を呑む音。

「里見ちゃん？　本物……？」

「偽物に見えんのかよ」

蓮太郎は当然その後に続く、『こんな時間に来たってことは、もしかして夜這い？　や〜ん、どないしよ』という普段通りのおどけたテンションを予期する。

だが、風切り音がしたと思うやすぐ横手に何かが突き立ち、蓮太郎は驚いて足を止める。

ゆっくりと首を巡らせると、鼻先でジュラルミン製の矢柄が揺れていた。

未織は弓弦を折らんばかりに握りしめ、震えながら呟く。

「死んだって聞いて……どれだけウチが心配したか」

ハッとして自分の軽率さを恥じた。テレビ報道では蓮太郎は勾田プラザホテルの一件で死亡したと報じられていたはずだ。

遠目に見た彼女が浮かない表情をしていたのも、もしかすると……。

「すまん、心配かけた」

目を伏せた未織の瞳には痛みの色があった。

「里見ちゃん……本当に、本当に里見ちゃんが殺したの？」

「それは違う！」

咄嗟に反論してから、やがて力なく首を振る。

「信じてもらえねぇかもしれねぇけど、嵌められたんだ。少しだけ、説明する時間をくれねぇか？」

未織は無言で先を促したので、蓮太郎はここに至るまでの経緯をかいつまんで話した。不可解な依頼内容から依頼人の謀殺。逮捕。脱走。助けてくれた人間がいて彼女と共に『ブラックスワン・プロジェクト』なる謎の計画を追っていること。

すべてを聞き終わる頃には、未織の表情には安堵があった。

「なんややっぱり里見ちゃん、人殺したんちゃうのね」

蓮太郎はポケットに手を突っ込んで唇を尖らせる。

「当然だろ」

「ねぇ里見ちゃん知っとる？　木更、今度結婚する言うて噂になってるで」

側頭部をハンマーで一撃されたような衝撃が走った。

——木更さんが、結婚？

「誰とだ」

「なんや櫃間いう警察の人」

あいつか――

目の前が真っ赤になるほどの憤激に襲われる。その可能性も当然考えてしかるべきだったのだ。

敵があそこまで驚異的な浸蝕スピードで延珠をＩＩＳＯに拘束させ、ティナを陥れ、天童民間警備会社を足下から解体して掛かったのは、イニシエーターの力を恐れてのものと思っていた。違ったのだ。

「木更に何度電話してもメールしても返ってきーひん。どういうことなん里見ちゃん」

脳裏に、櫃間に穢される木更の姿を想像してしまい、吐き気がこみ上げてきた。

俯いたまま硬く眼をつぶってブルブルと拳を震わせた。

――木更さん……。

会いたい。他の何を差し置いても延珠をティナを助け出し胸に抱いて、木更さんを助け出してひどい言葉をぶつけたことを謝って、それで全部元通りになって――

「俺は――」

「――お取り込み中みたいね」

いつの間にか射場の屋根にいた火垂が、軒先からぶら下がって降りると、すたすたと未織に向かって歩いて行く。

「今度は誰？」

「紅露火垂。わけあって、そこにいる人と一緒に行動してるわ」

それで必要なことはすべて言い終えたとでも言わんばかりに、こちらを見る。

「まさか射場とはね」

「フン、未織は俺が先に見つけたんだかんな。手ぇ出すなよ」

火垂は両手を挙げて目を閉じると、仕方がないと言わんばかりに首をすくめる。

「何が起こっとるの？　もしかしてこの子が一緒に行動してるっていう……？」

しばしの黙考ののち、蓮太郎は未織に向き直る。

「未織、木更さんの結婚のこと、教えてくれて礼を言うよ。でも、いまは行けない」

腰のポケットから、ひんやりとする手触りの物体を取り出し、未織の前に掲げる。フィルムケース内部にはドライアイスが封入されており、上部には空気抜きの穴が空いている。

「この中に、とあるガストレアの細胞が入ってる。事件に関わる何かがあるハズなんだ。これを調べるための施設を貸してほしい」


蓮太郎は黒塗りのベンツのハンドルを握り、シートベルトに締め付けられる身体をもぞもぞと動かしながら、慣れない運転に身体を硬くしていた。

教習所での手順を思い出しながら、標識を確認してアクセルを踏むが、どことなく動作がぎこちなくなってしまう。なにしろこんな高そうな車を運転したのは、生まれて初めての経験なのだ。緊張するなと言う方が無理がある。

「民警ライセンスってホンマになんでも運転できるんね」

助手席から弾む声を出すのは、未織だった。

「話しかけんな。事故っても知らねぇぞ」

ひょっこりと後部座席から首だけ出した火垂が補足する。

「プロモーターは戦車と戦闘機以外はなんでも運転できるわ。イニシエーターはライセンスなんか持ってても浸蝕抑制剤の配給が受けられるくらいしかメリットがないけどね」

「あら便利。じゃあウチもライセンス取ろっかなー」

蓮太郎は正面を睨んだまま鼻を鳴らす。

「そんな一朝一夕でライセンスが取れてたまるか」

和服に着替えた未織が扇子を広げて口元を隠しながらヒラヒラ扇ぐ。

「あーら、ウチは『里見ちゃんが取れたならウチも取れるわ』思うて言うたんやけど」

「グッ」

「私も蓮太郎みたいなのが簡単にライセンスを取得できるのは問題だと思うわ」

「お前等喧嘩売ってんな」

「あ、そこ右行って」

未織の指示に慌てて車のハンドルを切ると、危ういところで曲がりきる。

「で、どこにいくつもりなんだ？」

「司馬重工の本社ビル」

信号に捕まって、静かに減速。習い性でバックミラー越しに尾行がないかどうか確認してしまう。

司馬家本宅から車を出す際、表を張っていた刑事対策として、ドライバーに頼み込んで未織の通学用のリムジンを囮として出していた。

刑事が囮に食いついたのを確認してからこちらのベンツを発進させたので撒いたはずなのだが、油断は禁物である。

窓越しに後ろに流れていくネオンの夜景の中に、電子時計をめざとく見つける。時刻は夜十時に迫っていた。

やがて煌々たる夜の街の向こうに頭一つ背が高いビルが見え始める。

時間が時間なので、社員はほとんど退社してしまっているだろうと思いきや、ちらほらと電気が付いている。わずかながら残業中の人間もいるらしい。

未織はこちらの顔色を読んで言わんとすることに気付いたのか「ウチの会社は、二十四時間誰かかしらはいるで」とうそぶく。

「全フロア司馬重工で使ってるのか？」

「そうや」

「ずいぶん儲（もう）かってるんだな」

嫌味で言ったつもりなのだが、未織は着物の袖を口元に持ってきて奥ゆかしく笑う。

「そう、ウチの会社の武器は儲かっとるし、残念やけど当分儲かり続けるやろな。危険な世の中やからね」

「お前は人殺しの武器を売ってて、なんとも思わないのか？」

「その武器から身を守る防弾具や装甲車も売ってるで」

それではまるきり自演放火（マッチポンプ）ではないか——そう口にしかけた糾弾（きゅうだん）の声は、喉元で嗄（か）れて潰（つぶ）れてしまった。

では翻（ひるがえ）って、自分はどうなのか。

ガストレア殲滅（せんめつ）の建前でもって帯銃（たいじゅう）し、あまつさえ自分の体内にも火薬炸裂式（さくれつしき）の薬莢（やっきょう）を仕込んだ蓮太郎（れんたろう）は、忌（い）むべき司馬重工の申し子ではないか。

司馬重工の駐車場前に車が入ると、検問所のようなところが見えてくる。

詰（つ）めていた守衛は、最初こそ夜半に訪（おとな）う人物に胡乱（うろん）げに眉（まゆ）をひそめていたが、スモークガラスが下りて未織が笑顔で手を振ると、即座に「失礼しました！　お通りください」と直立不動の体勢を取る。

徐行して司馬重工敷地内に踏み込むと、蓮太郎は知らず小さく口を開けていた。

ビルの前やエントランスには、司馬重工のエンブレムが刻印されたコンバットギアで全身を固めた特殊部隊員のような警備の人間がアサルトライフルを手にそこかしこに立っている。ほとんど私設軍ではないかと思うほどの偉容だった。しかもその物腰から、全員かなりの手練れであることがうかがえる。

「お前ん家より凄まじい警備だな」

未織は、自分のことを褒められたように妖艶に笑って見せる。

「言ったやん、物騒な世の中やからねって。有事の際は警察や民警に代わって近隣のガストレア事件を鎮圧にも出かけるんよ。頭の天辺からつま先まで司馬重工の装備やから、ウチらの会社の良い宣伝にもなるしね」

「なるほどな」

ステアリング操作をしながら見るともなく見ると、抗弾ベストに見えたのは、司馬重工の最新モデルの強化外骨格だった。

関節などを保護しながら筋力を一八〇%向上させ、耐衝撃、耐貫通能力テストでも著しい結果をたたき出した世界トップクラスのモデルだ。

蓮太郎はカタログに載ったゼロの数を見て目眩がしてカタログを閉じてしまったが、司馬重工の身内になればああいうものも支給してもらえるらしい。

未織は好奇心に輝く猫眼でこちらを見る。

「里見ちゃんが本気出せば、あの人たちも倒せるもんなん？」

蓮太郎は黙って首を横に振った。

こんな練度の高く火力の高い装備の連中に束になって襲われたらひとたまりもないだろう。

ビルのエントランスに車を直付けすると、典雅な挙措で未織が下車。蓮太郎は変装用のサングラスと手袋をつけて車を降り、火垂も続く。

総ガラス張りの一階エントランス部にも警備兵がいて、脈が早くなる。

未織は協力を約束してくれたが、当然彼女の会社の人間まで蓮太郎の味方になったというわけではない。

警備兵の全身を這い回るような訝しげな視線に脈が早くなる。

「これは未織様、こんな夜更けになにか御用でございましょうか？」

「ん、ちょこっと野暮用やね。地下三階の分析室っていま誰か残っとる？」

受付の男性は、眼鏡型のディスプレイで情報を照覧すると、しばらくして「いえ、全員退社済みです」と答える。

「そ、じゃちょこっと寄ってくからね。あとこのツレはウチの友達」

じゃあよろしゅう、といって艶然と手を振ると、蓮太郎たちも粛々と続く。

背中に視線を感じながらエレベーターに乗ると、地下三階のボタンを押す。ケージの扉が閉まると、詰めていた息を吐く。変装グッズを外しながら蓮太郎が口を開く。

「バレなかったよな？」

未織が悪戯っぽい表情をする。

「さあ、でもさすがに夜中にサングラスはちょっと怪しすぎるんちゃう？」

火垂が顔を上げて未織を見る。

「未織さんは、こんな夜中に会社に来て、実家の人間になにか言われないの？」

「いやーん、火垂ちゃんに名前呼ばれてしもたわ」

続けて未織は、誇らしげに張った胸に拳を当てる。

「でも大丈夫よ、ウチはよくやんちゃするし、夜中ここに来て、ひとりで銃の図面とか引いとるから」

到着の音と共に、ケージの扉が開く。ケージの外は真っ暗闇で、空調も止まっているらしくやや蒸し暑い。ただ、靴音が良く通るので、天井が高いことはわかる。

「ようこそ里見ちゃん」

未織が傍らの磁気装置にパスケースをかざすと、突如視界にまばゆい光が流れ込み思わず右手を上げて顔をブロックし、目を細める。

手前側から奥に向かって照明が点灯していき、フロアがすべて明かりの下に晒されたとき、蓮太郎は改めてその広さに驚いた。

内部はまさに実験室といった感じで、透明な強化ガラスで仕切られた部屋には、フラスコやビーカーなどの実験器具が所狭しと並べられている。遠心分離器まではなんとなくわかったが、あの大型のボックス状の物体はＤＮＡシーケンサーかなにかだろうか。

未織には一度、銃器を作っている現場も見せてもらったことがあるが、いかにも工場といった場所で、そこと比べると随分清潔でスマートな印象。

「里見ちゃん、その解析してほしい試料ってのちょうだい」

「お前が調べるのか？　できんのかよ」

胸元から取り出した鉄扇を縦に振って広げると、得意げに自分を扇ぐ。

「愚問や。ウチの設備でウチが使えないもんはない」

内心舌を巻きながら蓮太郎はポケットからガストレア細胞が入ったフィルムケースを取り出し未織に放る。

「頼んだぞ」

「任しときぃ」

未織は一つ可愛らしくウィンクすると、こちらに背を向けてパタパタと草履で駆けていく。

その背を見送りながら、蓮太郎は心の中でもう一度、頼んだぞ、と呟いた。

6

「なんだと！」

毛布を跳ね飛ばして起きると、周囲の刑事が何事かという表情をしてこちらを見る。

だがそんな視線も多田島茂徳は意に介さず、携帯電話を耳に押しつける。

携帯越しの部下の刑事・吉川は狼狽して呂律が怪しくなり、声にはすがるような響きがあった。

『だから、司馬重工の社長令嬢を見失っちゃったんすよ。門前で張り込んでたら、いつも使ってるリムジンが出てきて、それを尾行したんですけど、彼女の通っている勾田高校の前で止まって、いつまで待っても令嬢は出てこなかったんで、こっそりと車の中を覗き込んだら一杯食わされたことに気付いて……それで――』

最後まで言わせずに通話を切って、傍らに置いた上着を取ると、仮眠室を飛び出し廊下を歩きながら羽織る。

間違いなく里見蓮太郎だ。しかし彼は一体司馬重工の社長令嬢を連れ出してどこに行ったのだろう。それがわからない限り闇雲に探しても……。

「ちょっと待ってくださいッ」

背後からの血相を変えた声に振り返ると、年若い婦人警官が怒り肩で近づいてきて、回り込むように立ちはだかる。

「一体どれだけ寝てないんですか？　せめてもう少し仮眠を取ってください」

「犯人は仮眠が終わるまで待ってなどくれん！」

「倒れますよ？　自分の歳を考えてください」

「このくらいで倒れるようで刑事が務まるか！」

多田島の剣幕に怯んだ婦人警官を押しのけて行こうとしたとき、ふと疑問がよぎって彼女の顔を見る。

「なあ、確か警察も司馬重工の世話になってるよな」

多田島の突然の質問に毒気を抜かれた表情をした婦人警官は、それでも「あ、はい……」と返事して、健気に顎に手を当て考え始める。

「ウチに銃器を卸してもいますし、他にも科警研の仕事も一部引き受けていて、弾道分析、血液検査、ＤＮＡ鑑定も仕事の範疇で――」

「――それだ！」

「は？」

「よくやった。司馬重工本社ビルだ。ありったけの応援を寄越せ。俺は先に行く」

多田島はポカンとした表情の婦人警官の肩に両手を置いてねぎらうと、すぐさま踵を返して勾田署を飛び出す。

里見蓮太郎一行はなぜかガストレア運搬業者の車を襲っていた。奴等はきっとそこで得た試料をどこかで分析しているんだ。

となると彼らが目的を持って逃げ回っているという説は、ますます信憑性を増してくるなと思う。

多田島は車に乗り込み鍵をひねると、アクセルを力一杯踏み抜いた。

実験室でフラスコに試薬を流し込み、分析器を操作する未織の作業は淀みなく行われていたが、素人目からはどの程度進捗しているのか判断がつかなかった。

蓮太郎は手持ちぶさたも手伝って司馬重工のビル内を把握しようと階段側に向かう。

非常階段の位置を確認して、鉄扉を開け、薄暗い階段を上り始める。コツコツと靴底が石畳を叩く音が蓮太郎を思考の彼方に誘う。

こちらはすでに一度、ハミングバードによる追撃を受けている。

万全を期したつもりが隠れ家も発見されているし、敵の追跡能力は相当なものだろう。

もしかしたら、いまこうしている間も知らぬうちに敵の魔手が背後に迫ってきているかもしれない……。

――馬鹿馬鹿しい。

惑いを払うように首を振ってプレートを一瞥すると、一階まで来てしまったことを知る。

さっきの警備兵たちと出くわすとマズイので、踵を返そうとしたとき、破裂音のようなものが聞こえて足を止める。

馴染みのある音の正体は銃声のものだ。

非常扉に耳を当てると、ひんやりとした金属の冷たさが耳から伝ってくる。再び扉越しに銃声。今度ははっきりとアサルトライフル特有の小口径高速弾のものとわかる。

断続的に銃声がして、ガラスを砕いたような破砕音。乱闘する音に、悲鳴のようなものが混じり、やがて、それもふっつりと途切れた。

掌はびっしょりと汗をかいていた。

音を立てないように、静かに扉を開く。

隙間から流れ込んでくる濃密な血臭に思わず身をすくませる。

意を決して扉を押し開ける。

そして呻いた。

「なんだ、これは……ッ?」

蓮太郎側から見て正面に警備兵が床に座り込んで頭を垂れている。まるでうたた寝しているようだった。

だがその首は刃物による深い傷でぱっくりと割れており、首から飛沫いた血液が壁面画布に悪趣味極まる前衛芸術を披露している。

ビルの調度品の椅子や机は倒れ、死体を引きずった跡や、弾痕がそこかしこにある。そして無数の警備兵の死体。力任せに首をへし折られ足がおかしな方向に曲がったものや手足が切断されたもの。

照明の落ちたフロア、その中で一箇所だけスポットライトよろしく夜間照明が焚かれたカウンター席があり、受付係がこちらに背を向けて座っている。

よく見ると、椅子の足下には、まるで漏らしたみたいに黒い水たまりが張っている。

ベレッタ拳銃を構えたまま円弧を描くように椅子の正面に回ると、受付の人間は首が真一文字に切り裂かれて、天を仰いでいた。カッと見開かれた瞳は恐怖を映したまま永遠に停止している。

脈を診て、首を振った。

「なんてことだ……」

二十名近くいた警備兵が全滅したのか？

喉がカラカラだった。蓮太郎はなんとか緊張を飲み下して、必死で平常心の手綱を握りしめる。

そのとき、遠くから悲鳴が聞こえて、それに混じってアサルトライフルの銃声。

ガラス張りのエントランスから司馬重工の前庭を見ると、警備兵の生き残りが一人、フルオート射撃でデタラメにアサルトライフルを振っている。ひどく錯乱しているようだった。

「おい！」

呼びかけに気付いた警備兵は「ひいいいッ！」と悲鳴を上げてこちらに銃口を向ける。

咄嗟に受付カウンターの中に飛び込み耳を押さえると、次の瞬間エントランスにガラスが飛び散り、真正面の電灯が銃撃され、闇が濃くなる。

「待て！　敵じゃねぇよ」

最初にカウンターから手を出し敵意がないことを示すために振る。安全を確認して頭を出す。

ようやく相手もそれに気付いたのか、こちらに駆け寄ってくる。

「た、助けてくれ！」

「何があった？」

警備兵は両手でヘッドギアで覆われた頭部を押さえ、苦悶を露わにする。

「わからない。いきなり隣の奴が宙づりになって頭にナイフが刺さって血が噴き出して。そこからはもうなにがなんだかわからないんだ」

「なんだよそりゃ……ッ？」

「俺に聞くなよ！　俺が聞きたいくらいだ！」

そこまで言って再び恐慌を来しかけた警備兵を落ち着かせるために両肩に手を置く。

つっかえながら話す彼によると、突然仲間の警備兵たちがなにもないところでナイフで串刺しにされ首を捻り折られて殺されていったらしい。まるで透明人間にでも殺されたように。

信じがたい異常事態としか言いようがない。こうして眼前に屍山血河が築かれていなければ警備兵の精神の平衡を疑っただろう。

間違いなく、自分たちを追跡している組織の犯行だ。

奴等は再び死神を解き放ったのだ。

芳原健二を殺したハミングバードは排除した。

残りは二人。

海老原義一を殺害したのは狙撃能力に長じたダークストーカーこと巳継悠河で間違いあるまい。彼はまだ奥の手を隠している様子だったが、首の骨を折るような力任せな犯行をする手合いだっただろうか。。

高村萊を殺害した犯人はいまだ不明。襲撃してきたのはこいつではないか。

「とにかく、未織をこのビルから連れて逃げるぞ。あそこにあるのが裏口で間違いないんだよな？」

警備兵はそこで初めて裏口の存在を思い出したような顔をして、一目散に駆け出す。

「お、おい待てよッ」

警備兵は振り返りながら叫ぶ。

「逃げるんだよ！　こんなところに長居できるか！」

だが、次の瞬間信じがたいことが起こった。

走っていた彼の胸部を、突如なにもない空間から現れた大型ナイフがエクサスケルトンごと刺し貫く。ズブリ、と音がして、彼の身体が持ち上げられる。

「が……あ……ッ！」

理解を超えた現象に蓮太郎は棒立ちになる。なんだこれは？

ナイフが差し出された方向にはただ空漠たる虚空があるばかりだ。ナイフがまるで独りでに彼の胸元に向かって刺さっていったようにしか見えなかった。

彼は、幽霊にでも刺されたというのか？

「ば、化け物め……ッ！」

宙づりにされた警備兵が死に物狂いでもがき、靴で前方を蹴りつける。その瞬間、たしかに風景が揺れる。

まるでデジタル映像に走ったノイズのように、景色が揺れ、人型の電子ノイズが一瞬見え隠れする。

これはまさか――？

いる。やはり誰かが彼を刺したのだ。それもかなりの巨躯だ。

蓮太郎は、これらの不可解な現象を物理学的にそれを可能にする兵装をひとつだけ知っていた。

「光学迷彩……？」

自分で呟いても信じられない思いだった。

光をねじ曲げて背後の風景の中に溶け込む能力。現代科学の粋を凝らした『透明人間』である。

敵は裏口から逃げる人間が出るだろうことを見越して、そこに透明化して、待ち構えていたのだ。

こいつが、司馬重工の精鋭を壊滅させたのか。

宙づりにされていた警備兵が、口からごぼりと血の塊を吐くと、それきり動かなくなる。

その身体を放り捨てると、透明人間はこちらに振り返るような気配。殺意が放射される。

呼吸は浅く短くなっていた。ここにいるのは危険過ぎる。

足下に投げ出されたアサルトライフルをつま先で蹴り上げて構える。親指でセレクターをフルオート連射モードに切り替えて発砲。

強烈な発砲炎が上がり、廊下の壁に着弾。大音声と共に壁面を穿ち削り取る。

わずか二秒ほどで弾切れ。床に血痕はない。ヒットしていない。

即座にライフルを捨てると、逃走に移る。

来た道を引き返して転がり落ちるように階段を駆け下りる。

地下三階の扉を体当たりするように荒々しく開けると、一枚の紙を二人で覗き込んでいた火垂と未織が振り返る。

「里見ちゃん。ガストレア細胞の分析結果が出たで」

「それより敵が来た。やっかいな奴だ」

火垂の瞳がすっと細められていく。

「どこ？」

「わからない。でもここにいるとヤバい」

蓮太郎は未織に向き直る。

「未織、地下五階に例のバーチャル訓練施設あったよな。あそこ貸してくれ」

「バーチャル訓練施設？」

火垂の疑問の声を引き取る。

「あるんだよ。馬鹿でかいキューブ状の空間で、色々な場所や仮想敵をシミュレートして戦えるやつが。そこで敵を迎え撃つ」

火垂は簡単な説明だけで委細承知したらしく、小さく頷く。

再び未織に向き直る。

「敵の目的は俺たちだ。お前は別の部屋に行ってシミュレーターを操作してくれ。誰も入ってこれないように扉の入室は完全にシャットアウトしろよ」

「わかった。分析結果の紙とその説明はいま火垂ちゃんに渡したから、あとで落ち着いたら火垂ちゃんから説明受けてな」

「ああ」

　蓮太郎はエレベーターのボタンを押してケージを呼ぶと、ためらいがちな未織の肩を押す。

「死んじゃイヤやで、里見ちゃん」

「もう一回死んでるらしいからな、また死ぬ気はさらさらねぇよ」

　首肯で決意と謝意のほどを示すと、扉が閉まる。

「行くぞ火垂」

　決然と床を蹴り走る。階段を三段飛ばしで駆け下りて、地下五階のプレートを横目で確認したあと中に飛び込む。

　ロッカールームにあった司馬重工製のアサルトライフルを二挺失敬して、一挺を火垂に投げ渡す。

　横手にカードリーダー差し込み口がある扉を押し開けると、予想はしていたものの、あまりのまぶしさに腕を上げる。

　中は床と壁の境目すらわからない精白な空間だった。がらんどうで床にはチリ一つ落ちていない。

　現実から遊離した、ことさら非現実感漂う空間は、初見の人間は大抵啞然とする。

　一歩踏み出して床がちゃんとあることを確認すると、やはり啞然としている火垂を手招きして広大な空間を歩く。

　その時、白の空間がぐにゃりとねじれて、一瞬立ちくらみがしたあと見た景色は一八〇度様変わりしていた。

暗い。湿気たかび臭い空気に沈んだ埃のにおいがする。無垢の木材が打ち付けられた窓からは光も入らず、サビと朽ちた木の匂いは、たしかに長期間放棄されていた施設のソレだ。

屋根の高い広大な空間にいた。倉庫だと気付く。

「な、なにこれ？」

狼狽する火垂に、出来るだけ落ち着いて言う。

「ステージ名『ウェアハウス』。これがこの仮想戦闘訓練施設の凄いところだ。こういう空間に即座にチェンジできるんだよ」

おそらくこのステージになったのは、未織の計らいだろう。

「これが、バーチャルなの？」

木箱をぺたぺた触る火垂を尻目に、ペンライトを尻から抜いて左右に振ると、乱雑に積まれた大量の正方形の木箱を闇の中から暴き立てる。埃を被った木箱たちは、安眠を妨害されて不機嫌そうに押し黙る。差し込まれた明かりが、意外なほど奥まった壁にぶつかって環状の光になっている。ちょっとした工場ほどの広さ。

近くの木箱にライフルを立てて備え付けの二脚架を展開して銃を安定させる。たったいま入ってきた扉を照準し、光学照準器を覗き込む。

火垂にも簡単にアサルトライフルの使い方を教える。

「いいか、扉を開けて敵が入ってくる。敵は光学迷彩（こうがくめいさい）を使った透明人間だ。扉が開いたら敵が見えなくても一斉に撃つぞ」

「わかったわ」

円形に切り取られた照準器越しの視界中央には輝点（ドット）が表示され、蓮太郎（れんたろう）の微細な手ぶれに合わせて揺れる。

やがて、わずかに金属音がして扉が向こうから押される。

心臓がバクバクと鳴る。

眦（まなじり）を鋭（するど）くし、引き金に指をかけ、遊びを取る。扉がわずかに開く。

「火垂ッ！」

フルオートで銃撃。扉が穴だらけになり、目も眩（くら）むような発射炎と射撃音が連続する。

全弾発射し、ほぼ同時に弾切れ。束の間の静寂（せいじゃく）のあと、向こう側に寄りかかっていた人影が扉ごとこちら側に倒れ込んでくる。

ハンドシグナルで合図すると、腰から拳銃を抜いて近づく。

徐々に逆光になったシルエットが見えてくる。光学迷彩は破壊したのか解除されたのか、実体としてその姿が見える。

足下まで近づいて小突き、反応がないことを確認して足でその身体をひっくり返す。そして驚愕（きょうがく）に凍り付いた。

振り返って叫ぶ。

「こいつじゃない火垂！　敵はまだ生きている！」

シャツとトランクス姿になった三十代前半とおぼしき男は、さきほど落命した警備兵だ。

敵は彼の死体をドアに投げ込んでこちらの銃撃を誘ったのだ。

「――探したぞ『新人類』の。俺はソードテール」

声は背後から聞こえた。

上半身をひねって背後を見ると、空中に浮かんだナイフがこちらめがけて振り下ろされるところだった。

「しまッ――」

振り下ろされたナイフが蓮太郎の胸に深々と突き刺さり心臓を串刺しにする。――そんな光景を幻視しかけた時、銃声。ナイフがはじき飛ばされ倉庫の床を滑っていく。

火垂の援護射撃だ。

蓮太郎が伏せると、彼女は間髪を容れずに左右の拳銃でさらに乱れ撃ちにする。

倉庫壁面が抉れる。わずかに間に合わず、再び敵の姿は掻き消えていた。

火垂が蓮太郎の腰を抱えたと思うや、吹き飛ばされるような加速感が襲う。

ここにいると危ないと判断した火垂が跳躍したのだ。

「あんなのどうやって倒せって言うのよ！」

「それをいまから考えるんだよ！」

蓮太郎は倉庫中央に着地すると、火垂と背中を合わせ、いずこともしれぬ闇に向かって叫ぶ。

「テメェが高村莢殺害の犯人だな！」

「ほう。そこまで深入りしてまだ生きて呼吸をしているわけか。組織が血眼で探すわけだ」

声は倉庫のあちこちに反響して出所がわからない。

会話しながら、必死に敵の情報を整理するため頭を回転させる。

敵は不可視だったのにナイフは視認できた。

となると、敵は迷彩マントのようなものを羽織っていて、攻撃しようとするときだけ、得物が露出することになるのだろうか。

なにも足音や気配まで消えるわけではないだろう。もし敵がナイフ以外の近接戦闘武器を持っていないなら気配で居場所を掴めば良いが、もし拳銃の類いを携行しているのであれば話は変わってくる。

それにしても、ソードテールは一体……。

「貴様はいまこう思っているだろう？　どうやって俺は全身を光学迷彩化しているのかとな？」

「…………」

「ダークストーカーが室戸菫の『二一式黒膂石義眼』の、ハミングバードがエイン・ランドの『シェンフィールド』のコピー能力者であるように、俺も『マリオット・インジェクション』という機械化兵士の能力を継いでいる。俺のナノマテリアルを埋め込んだ皮膚も、任意に光をねじ曲げることが出来る。アーサー・ザナックが実用にまでこぎ着けた最強の機械化兵士能力だ」

「なっ!」

アーサー・ザナック――。一度だけ名前を聞いたことがある、菫と同じ『四賢人』の内一人。やはりソードテールもまたコピー能力者なのだ。

これは一体、どういうことなんだ? 『新世界創造計画』の背後にいるのはもしかすると――

コンテナの乱雑に積まれた迷路の中、左右を油断なく窺うが、敵の姿は見えない。淀んだ倉庫の中から音は絶え、気配も感知できない。皮膚表面の細胞すべてをレーダーよろしく鋭敏に逆立て、針の落ちる音すら聞き逃すまいとする。

「無駄だ」

突如、背筋に気配が膨らんで背筋が粟立つ。

虚無より切り出された人型の凶手は、拳銃を蓮太郎のこめかみに据えていた。

反射的に手が動く。トリガーが引かれる寸前、その手を撥ねながら顔を逸らす。同時に、割れんばかりの銃声と銃弾がこめかみをかすめていく熱。

地面に身を投げ出し前転と同時に起き上がり、たったいま銃撃してきた敵に銃口を向けるが、その姿は忽然(こつぜん)と消えていた。

「俺について調べたならわからなかったか？」

憐憫(れんびん)を滲(にじ)ませた声が再び耳元で声が聞こえ、蓮太郎は冷たい畏怖(いふ)に捕らわれる。

まさしくさきほどの再演だった。今度は背中に銃口がピタリと据えられている。

「お前は何度やっても俺には勝てん」

だがそこに、目にもとまらぬ速度で火垂(ほたる)が突っ込んでくる。

「ぬおッ！」

振り返ると、あざやかな動作で大男の腕に絡みついた火垂が、体全体を使って雑巾(ぞうきん)よろしく銃を持った腕を絞り上げる。

組み付きに弱いのか、光学迷彩が解除され、コートを羽織(はお)った異様な巨体の男が露(あら)わになる。

こちらにまでミシミシと軋(きし)りを上げる筋組織の悲鳴が聞こえた。

「こいつッ」

だが敵も然(さ)るもの、銃を持った腕を筋肉が軋み、筋が違(ちが)えるのも構わず手首を返して火垂を振り落とす。火垂は地面に激しく背中から叩(たた)き付けられ、ソードテールが拳銃を照準。

マズイと思った時には駆け出していた。

彼女に体当たりするように覆(おお)い被(かぶ)さった瞬間(しゅんかん)、発砲音が重なり、背中に激痛。歯を食いしばる。

　組み敷かれた火垂は、驚愕に見開かれた瞳を震わせていた。

「蓮太郎……ッ、あなたなにやって――」

　制服から滴った血が火垂の顔に落ちる。信じられないような表情でかぶりを振って火垂は叫んだ。

「馬鹿じゃないの！　私には『再生強化』があるから、どうなったって――」

「――うるせぇ！」

　火垂は絶句する。

「気に入らねぇんだよ。お前のそういう態度」

「馬鹿！　死ぬわよッ」

「があああああッ！」

　ソードテールが連続で発砲。背中に全弾命中。

　火垂は激しくかぶりを振った。

「やめて！　お願いもうやめて」

　目尻に涙が溢れて、火垂はかすれる声で呟いた。

「私に今度こそパートナーを守らせて」

「終わりだ小僧」

背後から声。即座に対処する術がない。今度こそ万事休すだった。一瞬後に襲い来る銃弾の熱を予期して体を硬くする。

だが、突如横手に突き飛ばされる。

銃声。血が火垂の左胸部、心臓の位置からほとばしる。

蓮太郎はしばらく、何が起こったのか理解できなかった。

火垂が死んだ。そう理解が追いついた瞬間、憤激が頭頂からつま先を貫く。

「テメェッ」

再びの透明化は絶対にさせない。血を吐きながら起き上がり、全霊を持って両足で地を踏みしめ、体を沈める。

脚部からカートリッジが回転しながら吐き出され、推進力で足が跳ね上げられる。

天童式戦闘術二の型十四番――

「『隠禅・玄明窩』ッ！」

体勢を下にした状態からのミドルキックが驚愕の表情を焼き付けた巨躯の胸部を逃さず捉え、クリーンヒット。

周囲の大気を吹き飛ばし、推進力の塊となった脚部は巨軀を病葉同然に吹き飛ばし、積み上がった木箱中央部に激突。濛々たる埃を巻き上げながら崩れ落ちた木箱の下敷きになる。

「グッ」

蓮太郎は吐血し、床に毒々しい血を吐く。

傷も癒えない内のカートリッジ使用によって、深刻な攻撃反動の揺り返しが傷口を広げる。

だが、まだ動ける。

拳銃を構え油断無く奥手に向かって歩を進める。倉庫内の木箱が積み上がった部分にボーリングのピンよろしくソードテールを蹴飛ばしたせいで、死体確認は困難を極めた。

生きてはいまい。

天童式戦闘術の技にジェットエンジンめいたカートリッジ推進力をプラスした蹴りが直撃すれば、猛スピードのトラックに追突されたも同然のダメージになる。

むしろインパクト時に五体が粉砕されなかったのが不思議ですらある。

喉にいがらっぽさを感じて、舞い上がった埃を吸い込まないように空いた手で口元をかばう。

やがて俯せに倒れたソードテールの茶色いコートを発見する。周囲は砕けた木箱の木片の絨毯が敷き詰められ、その中に埋まってコートの背中だけが露出している状態だった。

足下まで行き、躊躇無くベレッタの引き金を二回引く。敵の死んだふりからの逆襲を防止する『死体撃ち』である。

コートが破れ飛び繊維が舞うが、血が出ない。何かがおかしい。

蓮太郎はつま先でコートを小突くが、思い切ってコートを取り去る。

驚愕するよりなお先んじて、即座に近場の木箱に背をピッタリとつける。

ゆっくりともう一度、コートを見ると、その下には人型の膨らみを模した砕けた木片の寄せ集めだけがあった。死体がない。

自分の左に突然殺気が膨れあがり、刹那の判断で顎を引いて仰け反ると、耳元を巌のような拳が擦過。無理な体勢で体をひねっていた蓮太郎に、凄まじい速度で視界に迫りくる半長靴をかわす術は、もうどこにもなかった。

予想よりも強烈な腹部へのダメージに激しく吹き飛ばされ、地面を何回もバウンドし木箱を粉砕し壁に叩き付けられる。

「カハッ」

「判断は悪くなかった」

闇の倉庫の向こうから、平板な声が聞こえる。

霞む視界が焦点を結んだとき、ほんの一メートル先にソードテールが立っていることに気付く。

ダメージはある。ズボンの裾が擦り切れ出血しており、肩で荒い息をついている。

引き締まった逆三角形の体軀には、黒のタンクトップを着込んでいた。

「お前の敗因は俺をハミングバードなんかと同列に考えて油断したことだ」

ソードテールは拳銃をこちらの頭部に照準。銃口の奥に底なしの深淵が見える。

「お前の負けだ」

「——その傲慢があなたの敗因よ」

突如肩車するように飛び乗った影に誰よりも驚愕したのはソードテールだった。

「貴様……一体どうして！」

火垂は、振り落とそうともがくソードテールの首を両足で絞めて固定すると、フリーになった両手で腰の後ろから二挺拳銃を抜く。

「鬼八さんの苦しみの十分の一でも味わいなさい」

直後、連続で轟音と発砲炎とが撒き散らされ、生暖かい血液が蓮太郎の顔面にかかる。

「うおおおおおああああああああ！」

獣の絶叫を上げて振り落としに掛かるソードテールを意に介する様子もなく、火垂はゼロ距離で渾身の四五口径弾を肩口にたたき込み続ける。

この世ならざる光景も長くは続かない。やがてスライドストップが上がって弾切れを起こし、火垂が跳躍して離脱。

「ぐ……ぬあ……ッ」

ソードテールが膝を突いて、前のめりに倒れる。ズン、と地を揺する音が足下から伝ってくる。

「蓮太郎ッ！　無事？」

体当たりせんばかりの様子で、火垂が首に抱きついてくる。

まずいことに感覚が無いが、蓮太郎は弱々しく首肯する。

失血の悪寒で目蓋が落ちそうになると、火垂は必死に蓮太郎を揺すった。

「早くここを出て治療しなきゃッ」

肩を貸され立ち上がり、笑う膝をなんとか立たせる。寒い。血を失いすぎて凍えそうだ。

蓮太郎はなんとはなしにソードテールの方を見て、そこで驚愕に目を見開く。

大男の体が忽然と消え、代わりに地面には血痕が残っている。血痕は点々と部屋の外に続いていた。

「火垂……、アイツが逃げたぞ……」

「うそ、あの傷でまだ動けるの？」

「どうやら、そういうことみたいだな」

『新世界創造計画』も『新世界創造計画』も共に条理の外にある超人だ。内臓や骨格のバラニウム化は、致命傷を致命傷にしない恐ろしさがある。

「とにかく奴を追わなきゃ……。俺たちの情報を持ち帰られるわけにはいかない」

ソードテールこと鹿獄十五は壁に手を突きながらシャワー室に入ると、カーテンを引きちぎるようにしてブースに突っ込む。

血液を洗浄しやすい三六度に湯の温度を合わせて生ぬるいシャワーを頭から被る。

あり得ない、馬鹿な、こんな事が。

口の中でそう呟き、十五は必死で意識の手綱を握りしめる。

カーボンナノチューブ製の強靱なナノ筋肉と自己修復バラニウム合金の脊椎がすべての銃弾を止め、血管を緊縛し出血を止める。体内に仕込まれた有機トランジスタが生命維持に必要な情報をモニタし調整。

それでも至近距離で連続で浴びた拳銃弾は、頑強さを頼みにする十五とて決して軽視できるダメージではなかった。

血液が流れ落ちて光学迷彩が元通り十全に機能を果たしうるのを確認して、シャワー室を飛び出し、逃走に移る。

エレベーターに乗り、一階の警備兵たちの死体を乗り越えて、ビルの外に出る。冷房が切れ、ねっとりとした空気が出迎える。

返す返すも悔しさがこみ上げる。自分こそが本物の『新世界創造計画』の兵士のはずだ。それがどうして旧型の戦前モデルなんかの後塵を拝することになるのか。一体何が、奴に劣っていたというのか。

「随分派手にやられたものですね」

「誰だッ」

司馬重工ビル敷地の中庭。

刈り込まれた芝とポプラの木の陰に立っていた少年がこちらに進み出る。

闇の中から溶明し、月を背に立つ少年の影が誰かわかると、十五は訝しむ。

現在の偽の身分である額狩高校の詰め襟、薄笑みを貼り付けている少年。

「ダークストーカーか！」

一体どうしてここに、という疑問がこみ上げるが、いまはその僥倖を生かさない手はない。

「ちょうどいい。ネスト経由で櫃間さんに報告だ。紅露火垂が一度とどめを刺したのに息を吹き返した。かなり生命力の強いガストレア因子の発現したイニシエーターだ」

「どうもご苦労様です」

果たして事の重大さを理解しているのか否かすらわからない、右から左に流すようなぞんざいな口調。十五は苛立って腕を振る。

「何をしている！　敵が来る。俺を逃がせ」

「それは無理な相談ですね」

「なに？」

「略式ですが、ここであなたの処刑を執り行います。失敗者には死を」

彼がなにを言っているのかわからず、束の間、ポカンと立ちすくむ。

「一体これは何の冗談だ？」

「残念ながら冗談でもなんでもありませんよ。あなたは敗北した。だから組織には不要だと言ってるんです」

「俺はまだ負けてなんかいない！」

「そう思っているのはあなただけですよ」

じゃあ、本当に……？

「ま、待ってくれ。もう一度チャンスをくれ」

「不要です」

悠河は前髪を指先で縒りながら、悪意も露わに混ぜ返す。

「そんなに信じられませんか？　自分が処分される側に回るのが」

信じられるわけがない。十五は組織にすべてを捧げてきた。なのになぜ自分がこんな仕打ちを受ける。

「……お前こそ、この俺が大人しく処分されるとでも思ってるのか」

悠河は肩をすくめる。

「まあ、そのための僕ですから」

ソードテールは無言で腰を落とし構える。

「そんな馬鹿なはずがあるか！　貴様は死ね。櫃間さんに直接聞く。組織は俺を捨てたりはしない！」

　さきほどまでの痛みが消える。過剰なアドレナリンの分泌が、痛覚すら認識の奥に押しやったのだ。

　足を確認する。内臓や呼吸器にダメージがあるものの、十五の体を占める生体部品は五〇％以下。残りはすべて自然物ならぬ現代バイオエレクトロニクスの結晶である。

　呼吸を落とし、体温を落とす。相手の眼を睨みながら、そっと足を踏み出す。光学迷彩が働いて、完全に十五の姿が風景の中に溶ける。

　彼の義眼の能力は伝え聞いている。なまじ優秀な能力を与えられたがゆえにそれに負んぶに抱っこの手合いこそ、十五にとってもっとも与しやすい相手なのだ。

　足音はなく、回り込むようにして近づくが、ダークストーカーはさきほどまで十五がいた辺りを眺めている。そっと予備のナイフを抜くと、肉食動物が獲物に忍び寄るが如き微音で彼の右手側から寄せ、必殺の速度で横薙ぎにする。

　数ある暗殺をこなしてきた十五をして会心の一撃である。ダークストーカーが攻撃を受けたと気付くのは、自分の首と胴が泣き別れた時だけである。

　直後にダークストーカーの首が宙を舞う——そんなイメージを裏切ったのは、そちらも見ずに跳ね上がった彼の右手だった。

右手と刃が触れ合ったその直後に聞いたのは、鋼が断ち折られる音。そして訳もわからず電気ショックを食らったように揺れる視界。光学迷彩が剝げる。

反射的に後ろに跳んで視界の平衡を取り戻してから見たのは、ステンレス鋼のナイフが刃元から粉砕されて地に落ちた光景だった。

信じがたい光景に慄然としながら、残った柄の部分を取り落とす。

「馬鹿な……ッ！」

「何が馬鹿なんですか？　愚かにも力量の差もわきまえず僕に向かってきたことですか？　それとも、そのちんけな光学迷彩を無効化されたことを言っているんですか？」

ショックで棒立ちになっている十五を見て、ダークストーカーは憫笑を浮かべながら肩をすくめて両手を挙げる。

「あなたのマリオット・インジェクションを含む隠形の手品には感服しますが、あくまでそれはあなたが僕に捕捉される前の話だ。僕の両眼の義眼の演算子は、あなたの筋肉への力の入り方から攻撃方法、出現する位置まで『未来予測』に近い形で演算します。僕はあなたのテレフォンパンチをあくびを嚙み殺しながら待っていれば良いんですよ」

「じゃあ、お前は一体どうやって触れただけでナイフを──」

そこでひびが入って砕け散ったナイフに再び目を向けて、はたと気付く。

そういえば、ダークストーカーには新型の兵装が一つ搭載されていると聞いたことがある。

「まさか、超振動デバイスなのかッ？」

叫んだときには悠河が懐に飛び込んで、十五の心臓の上に致死の掌が重ねられていた。

「ご明察です。今度は直接味わってみると良いですよ。鍛え上げた肉体だとか、うすら寒い精神論を説く拳法家の寝言を過去のものにするテクノロジーの進歩というものを」

後悔のいとまもなく、絶命の掌が細胞の結合を破壊するほどの振動波を発生する。

「これが僕の二つ目の力──『ヴァイロ・オーケストレーション』ですよ」

内臓がかき回されたような激痛と共に、十五の心臓は速やかに破裂に至り、後悔も絶望にもくれる暇も無いまま、意識は絶命の闇に閉ざされていった。

ぐしゃり、と掌打ではあり得ない音がして、ソードテールが血を吐き、足下に水たまりを作る。

ソードテールは、千鳥足のままゆっくり揺れ、信じられないような瞳で蓮太郎を見た後、どうと倒れ込む。それきり二度と起き上がることはなかった。

ソードテールを追って司馬重工ビルの外に出た蓮太郎が目撃したのは、『新世界創造計画』兵士同士の殺し合いだった。

一体どういう経緯で二人が戦うことになったのかまったく想像も及ばなかったが、結果はソードテールの一撃退場。

手負いというのが言い訳にならないほど圧倒的な力量差だった。

触れられた箇所の細胞が残らず壊死しているのか、仰向けに倒れた彼の胸元には悠河の掌の形が真っ黒い瘢痕となって残り、掌紋までくっきり見えそうだった。

プラザホテルで危ういところで直撃を免れた技と同じだ。やはりあれが、彼の必殺技だったのだ。

ブルリと背筋に氷塊が流し込まれたような悪寒が襲う。

爪が立つくらい拳を強く握って気合いを入れ直すと、悠河の元に歩を進める。

司馬重工敷地内に一〇メートルの距離を置いて、里見蓮太郎と巳継悠河はいま再びまみえる。

「巳継、悠河……」

蓮太郎はゆっくりと口の中で怨嗟を込めて呟いた。初めて出会い、ホテル上空を狙撃弾でたたき落とされたときから片時たりとも忘れたことはなかった。

こいつとは、いずれ必ず再戦することになろうとも。

「やっと会えましたね」

愉悦を口元に浮かべたまま、悠河は両手を広げて歓待を示す。

「ちょっと意図しないタイミングでしたが。まさかソードテール如きにそんなにボロボロにされているとはね」

「こんなのちっとも効いてねぇよ」

こちらは全身フラフラで、視界も茫とかすむが、口から漏れた血も制服の布地になすれば目立たない。

悠河は憫笑するように口元を緩ませる。

「ソードテールと戦ってその能力を見たなら、もうそろそろ君も『新世界創造計画』がどういうものなのか気付いてるんじゃないですか？」

「『新世界創造計画』は『新人類創造計画』の後身の第二世代型機械化兵士」

一呼吸置いて続ける。

「お前は『四賢人』の一人、室戸菫の開発した義眼能力者のコピー能力者だった。ハミングバードは同じくエイン・ランドの思考駆動型インターフェイスのコピー能力者、ソードテールはアーサー・ザナックのコピー能力者だ。先生は前に、義肢や義眼の設計はいくつもの分野を横断した知識が必要になるから並みの研究者には基礎理論ですら理解不能だって言ってた。考えてみれば、そんな代物をコピーした上にアップグレードできる奴なんて一人しかいなかったんだ」

「聞きましょう」

悠河は小首をかしげる。

蓮太郎は顎を立ててまっすぐ悠河を見る。

「お前等の薄汚い計画の音頭を取っているのは『四賢人』の最後の一人、アルブレヒト・グリューネワルト」

呼応するように悠河は両手を大きく広げて高らかに告げる。

「ご明察ですよッ。そして我々組織の名前は『五翔会』といいます！　以後お見知りおきを」

「五翔会……？」

「これを見てください」

悠河は右腕の制服の袖をシャツごとまくると、肘の裏、上腕三頭筋が覆う面をこちらに見せる。

そこに刻印されているものを見て、息を詰める。

「五芒星と羽根……」

すでに何度となく目にした物だったが、悠河のものは『☆』マークの頂点の四つに複雑な意匠の羽根が入れ墨かなにかで描き込まれている。が、内二枚の羽根に消されたあとがあり、消すのに難儀したのか、幼児が描き損じを塗りつぶすようにぐしゃぐしゃと杜撰な肌の引き攣れがあった。

蓮太郎の視線ですべてを悟ったのか、悠河は口角を上げる。

「僕の羽根は二枚もがれていてね。おかげで飛べなくなって地に落ちているんですよ」

「……その五翔会とやらに大なり小なり関係している奴はそのマークがあるんだな。五芒星の中に描かれている羽根の枚数が、何か階級みたいなものと連動しているのか？」

「そこまで気付いているなら話は早い。仰るとおり、五つの羽根が最高権力者。以下、四枚羽根、三枚羽根、二枚羽根となっていき、一枚羽根は信奉者や奴隷・家畜の証です。そこに転がってるソードテールの体のどこかにも、二枚羽根があるはずです」

疑問の霧が少しずつ晴れていく手応えを感じながら、さらに蓮太郎はもう一手、慎重に先を進める。

「駿見彩芽医師のマンションを訪れた時、ボイスチェンジャーを使った声で、ハミングバードがビルに侵入してきたって電話が入った……お前だろ」

一瞬風が下から吹き上げ、蓮太郎と悠河、火垂の髪を煽り立て、ザワッと音がして立ち木の葉が擦り合わされ、芝が揺れる。

「違いますね」

「誤魔化すなよ。なぜだ、なぜ俺を利するようなことをするッ？」

しばらく沈黙を返していた悠河は、やがて諦めたようにため息をつく。

「里見くん、君は世界の美しさに泣いたことがあるかい？」

「なに？」

「僕の眼は生まれたときから両眼とも見えなかった」

蓮太郎は話の流れを見失い、狼狽しかける。

「母体が妊娠時に掛かった病気のせいで、ね。完全失明ってやつですよ。別に物心ついたときから見えないのが普通だったから特別自分の境遇を哀れんだことはなかったけど、子供は容赦ないから、小学校に上がるくらいの時は散々言われて悔しい思いもしましたよ。そんな僕を救ってくれたのがグリューネワルト教授と、密かに開発が始まっていた僕たち第二世代型の機械化兵士計画です。もう気付いてるんでしょうけど、僕の『二一式改』は、君の義眼と違って能力を解放していないときでも視力があります」

小さく首を振ってから真っ直ぐにこちらを見た悠河の目は、いままでの韜晦の色は消え失せ、触れれば切れるような剣呑な気配をはらんでいた。

「機械化兵士になって僕は春の美しさに泣いた。夏の眼を射る太陽に泣いて、秋の美しさに泣いて、冬の白さに泣いたんだ。もう何もいらない、僕は教授のためにすべてを捧げようと思った。だから強くなった。もう無我夢中でしたよ。それが結実して僕の羽根は四枚になって教授のお気に入りの座についた。なのに……」

語るにつれてテンションアップしていた悠河は、そこで急に言葉を切ったと思うや自嘲気味に口元を吊り上げる。

「たった一回の敗北で二枚の羽根を失って、教授に『失敗作』の烙印を押されてこんな薄汚い殺し屋稼業の仲間入りです。あなたは僕に『なぜ俺を利するようなことをする？』と聞きましたよね？　笑わせないでください。別に君のためにやっているわけではないですよ。ハミングバードやソードテールのようなブリキ細工が君を始末する結末なんて我慢がならなかっただけです」

彼の嫌悪の込められた瞳は、こちらの理解を拒絶するように結びをつける。

「君を倒したら、教授は僕の羽根を元通りにしてくれると約束した。そうすればまた、教授に奉公できるんです」

グリューネワルトと面識はないが、一度は手ずから悠河に失敗作の烙印を押しておいて蓮太郎殺害をエサに修復の機会をチラつかせている到底尊敬できそうにない側面しか見えてこない。ティナの主人だったエイン・ランドもそうだが、菫以外の『四賢人』とやらは、全員徳や礼節とはほど遠い人間なのだろうか。

「お前に卑劣な暗殺を強いるグリューネワルトが正しいことをしているとでも？」

「教授が間違っているかどうかなんて問題じゃない。僕が教授を信じているか否か、それだけです」

悠河はこちらに背を向けると、半分だけ振り返る。

「最終決戦の場で待ちます。そこで決着をつけましょう」

そう言うと、振り返りもせず、悠河はその場から去って行った。

悠河が司馬重工の敷地から消える。彼が戻ってくるのではないかと身じろぎもせずに注視していたが、しばらくしてようやく大きく息を吐く。

視界が傾いだと思ったら火垂に抱き留められていた。

完全にこちらの疲労困憊のほどを見透かされていたなと思う。

「蓮太郎、とにかく一度隠れ家に戻りましょう」

その時、どこからともなくパトカーのサイレンが聞こえてくる。どうやら真っ直ぐこちらに来ているようだった。

火垂が渋面を作る。

「音からしてかなりの数ね」

「遅ればせながら、騎兵隊の登場って感じだな」

火垂はあきれたような表情をする。

「そんな馬鹿なことを言う元気が残ってるなら、多少荒っぽい方法で逃げても問題ないわよね？」

「荒っぽい方法？」

火垂がほぼ直角に首を傾ける。

彼女の視線の先を追うと、そこには司馬重工ビルの屋上があった。

「このまま逃げても追いつかれる。ビルの上から跳ぶわ」

澄んだ電子音と共にドアが開く。震えながらケージの壁に手を突いて立ち上がると、火垂の介助でエレベーターを出る。

途端に逆巻く突風がピュオッと音鳴りする。

屋上はヘリポートになってライトアップされており、四隅に敷設された航空誘導灯がチカ、チカ、と赤く明滅していた。

頭を巡らせると、ヘリポートからは赤、黄色、青とネオンに瞬く夜の街が一望できた。

遙か階下に詰めかけているパトカーの回転灯。既視感のある光景。

肩に回された火垂の手が温かく、いつになく頼もしい。

「行くわよ、摑まってて」

礼の言葉を口にしようとしたが、屍蠟めいて青白く冷え切った肌は思うに任せず、声が上手く出ない。

だが——

「動くなッ！　妙な真似をすると撃つぞ」

背後で回転拳銃の弾倉が回る音がして、蓮太郎と火垂はピタリと動きを止める。

「手を上げろ。ゆっくりこっちを振り返れ。ゆっくりとだ」

相手を刺激しないように両手を上げながら振り返ると、そこには両手で回転拳銃を持って険しい表情を浮かべる刑事がいた。

この場で最も会いたくない人物だった。

「多田島警部……」

火垂が身構えるが、蓮太郎はそれを手で制して、一歩踏み出す。

蒸し暑い夜の風が蓮太郎と多田島茂徳の間に吹きすさび、叩くように服をはためかす。

「ビルやマンションにばっかり現れやがって、よっぽど高いところが好きなんだな。馬鹿みたいな奴だ」

顎を動かしてみて、なんとかしゃべれることを確認する。

「行かせてくれ、警部」

「ダメだ！ 俺は法の番人だ。法を執行する義務がある。法はこの世を照らす秩序だ。法がなければ世界は闇だ。秩序のない世界を俺たちは社会とは言わない。混沌だ」

「じゃあ正義はなおざりのままか？」

「お前は自分が正しいとでも言いたいのか？ この事件、裏で一体なにが起こってる？ お前はなにか知ってるのか？」

「取り調べで何度となく言っただろ」

「するとなにか？ お前が供述録取書でご大層にのたまった妄想が現実に起きていると？ ふざけるな！」

「敵の組織がやってんのはアンタの言う秩序とやらの破壊だぞ。アンタはそれに手を貸してる。

知らなかったじゃすまされない。アンタが無知なのは、アンタの責任だ。俺は行く」

「行けと言うとでも思ったのか？」

「櫃間篤郎は警察に侵入した敵のスパイだ」

「嘘だ！」

多田島は苦悩するように首を振った。

「そんなのは……嘘だ……ッ！」

「じゃあ、撃てよ」

火垂がびっくりしてこちらを見る。

「ちょっと蓮太郎……ッ！」

「火垂、手を出すな。俺はあのオッサンにだけは筋を通しておきたいんだ」

多田島に向き直る。

「自分が正しいと思うなら、俺を撃てよ。俺は捕まったらほぼ確実に有罪になる。いや、獄死させられるかもしれない。敵はそれくらいはやってくる」

「そんな馬鹿な。俺たちは警察だ。被告の保護くらいはする」

「役に立たない。敵はそういう奴等だ」

「……」

「アンタ、その反応だと櫃間篤郎を知ってるんだよな？　櫃間と一緒にいたことがあるなら、なにもおかしいものは感じなかったのか？」

多田島は棒を呑んだように動かない。伏せ気味な表情は、自分を恥じているようだった。

「そうか……アンタおかしいとは思いつつも、結局上の人間だからへつらってるわけか？」

「…………」

蓮太郎は目を閉じて首を振る。

「俺を撃って立派な賞状をもらってくれ」

「俺は、俺は……」

多田島の体がブルブルと震え、拳銃を握った人差し指は凍り付いたように動かない。顔は脂汗でびっしょりだった。

「撃たないなら行くぜ」

「あッ！　おい！」

蓮太郎は火垂に顎をしゃくって下知を送ると、肩を借りた姿勢のまま前方に倒れ込む。

多田島は急いでビルの縁に駆け寄って下を見るが、もう黒衣の少年の姿は夜の街に溶け、影も形もなくなっていた。

「〜〜〜〜〜〜ッ!!!」

多田島は怒りの余り天に向かって引き金を三回引いた。三発の銃声が響き、それは風に流れる。内に向いた怒りはなお収まりが付かず、拳銃を地面に投げつける。

膝を屈し、拳を痛めるのも構わずコンクリの床面を何度も叩く。

「なぜだ！　なぜ撃てなかった⁉」

撃たなければならなかった。自分が『法』を司る人間であることを証明するためにも、あそこで多田島茂徳はあの忌むべき犯罪者を射殺して自分の覚悟をあるべき形で示さなければならなかったのだ。

だが、果たせなかった。

心のどこかで本当に蓮太郎が犯人なのかと疑う自分がいた。櫃間の秘密主義が見え隠れする捜査方針にも眉をひそめていた。

だがこれはもう、言い逃れの余地がないほど多田島の崇めたてまつる『法』の敗北を意味していた。

多田島茂徳の『法』は、あの民警が掲げる青臭い『正義』とやらに膝を屈したのだ。

「係長！　こんなところにいたんですかッ」

振り返ると、銃声を聞きつけたのか、吉川が血相を変えて駆け寄ってきていた。

途端に思考がクールダウンされていくのを感じる。膝に付いた埃を払って立ち上がると、部下の横を通過する。

「俺はしばらく捜査から外れる。調べなきゃいけないことが出来た。もう少ししたら櫃間さんも現場に来るはずだ。指示はあの人から受けろ」

「そんな。係長、どうしたんですか。係長！」

背後から呼ぶ声に後ろ髪引かれる思いがしながらも、多田島は首をすくめて振り返らず場を離れた。

やらねばならない。自分の中のこの疑問を解消しなければ、これから先、自分は当たり前の警察官として職務を遂行（すいこう）することすらままならなくなると悟ってしまったのだから。

BLACK BULLET 6 CHAPTER 04

第四章
星無き夜空

1

夢の中にいた。

景色は落日色に染まったハッピービルディングだった。

階段をのぼって、天童民間警備会社と打たれたプレート付きの扉をくぐる。

ソファには延珠の脱ぎ散らかした服が散らばっており、暖簾の奥に見えるシンクには汚れた皿が積み上がっている。

応接ソファはティナのお気に入りの場所で、昼夜逆転型の彼女はよくそこで猫みたいに丸くなって寝ている。ソファの背後から覗き込むが、彼女の体重でクッションが沈んだ形跡はあったが、彼女の影も形もなかった。応接机にはやりかけの算数ドリルが放置され、消しゴムのカスが溜まっている。

水の流れる音がする。炊事場の暖簾をくぐると、出しっ放しになった水がシンクから溢れており、蓮太郎のソックスを冷たく侵す。

生活感はあるのに誰もいなかった。まるでマリー・セレステ号だ。

なぜか蓮太郎は、みんないなくなってしまったんだとわかった。

木更はいない。延珠とティナは死んだ。殺された。もう二度と返らぬ日々。この事務所は抜け殻だ。幸せだった頃の天童民間警備会社を撮影したテープの頭と端を連結して無限にラッシュしている、記憶を頼りに再構成された天童民間警備会社。ただ、中にいるはずの俳優だけが綺麗に抜け落ちている。

たとえようもなく悲しかった。

蓮太郎は後悔に暮れた。その場に膝を突き、頭を抱えて慟哭した。潰れたカエルみたいな嗚咽が喉から溢れた。全部、俺が悪かったんだ。俺が、みんなを救い出せなかったから。

ふと、自分を呼ぶ声が聞こえた。少女の声だ。必死に自分を呼んでいる。

頭を振って声の主を探す。どこからだ。どこから聞こえるんだ。木更でもティナでも延珠の声でもなかった。

そうか、この声は――

夢の通い路が断ち切られ、ゆっくりと意識が泥の底から引き上げられていった。

背に当たる感触は固く、体が重い。汗で服が湿っている。ひどい渇きを覚えた。

自分を呼ぶ声はまだ途切れていなかった。何度か目を瞬かせ難儀しながら目蓋を開ける。

「なんだよ……うるせーな」

力なくぼやくと、ぼやけていた視界が像を結ぶ。自分の体を揺すりながら呼んでいたのは火垂だった。唇をきつく引き結び、目元はうっすら赤くなっている。意外の感に打たれる。

「生きてるなら、返事くらいしなさいよッ」

「ここは……？」

火垂は目元を袖で拭う。

「ねぐらの彫刻工場よ」

そこで初めて見覚えのある古ぼけた天井に気付く。

首を曲げると、神経に鋭い痛みが走る。そう言えば背中に拳銃弾を浴びたのだったか。首をいたわりながら自分の体を見ると、上着もシャツも脱がされて脇の下から腹に至るまで包帯が巻かれていた。任侠ヤクザみたいだと思う。

とりあえずは、生きているらしい。

火垂はいくらかいつもの調子を取り戻したらしく、フンと鼻を鳴らすと、高慢そうに顎をツンとあげる。

「弾は摘出したわ。全部取れたと思うけど、保証はしないわよ」

その時、傍らに置かれた金属トレイとピンセット、血に染まった脱脂綿などが視界に入る。

「よく弾の摘出なんて出来るな」

「昔、自分で処理したことあるから」

危うく聞き流しそうになって、彼女を見る。

「そんなに何度も撃たれたことがあるのか？」

「あるけど、どうかしたの？」

「いや、どうかしたのって……」

どこまで突っ込んで聞いてよいものかと思って逡巡していると、そこで蓮太郎は火垂の目元に小さな陰影がついているのを見とがめる。

「寝てないのか？」

火垂はクマを見られたことを恥じるように両手で目元を押さえて、開き直ることにしたらしく胸を張る。

「そうよ、寝れなかったわ。どこかのお馬鹿さんのおかげでね。責任取って」

蓮太郎はそのいじらしい態度に苦笑する。

「ねぇどうして？」

火垂は、一転して消え入りそうなほど小さな声で呟く。

「私をかばってこんな怪我までして……どうして馬鹿なことばっかりするの。言ったでしょ、ビジネスライクに行きましょうって。私はあなたを利用する。あなたは私を利用する。私はあなたが殺されようが構わず戦うし、その逆になったら私を捨てていくって」

「そういやそうだったな」

深刻な空気を作らないように軽く言うと、火垂は俯き、拗ねたようにそっぽを向く。

「ホントに馬鹿な人ね」

奇妙な沈黙が降りる。お互い一言も話していないのに、決して居心地の悪くない沈黙。

蓮太郎はこういう空気が嫌いではなかったが、いつまでもこうしてはいられない。まだ考えなければいけないことは山ほどあった。

手振りで外を指差す。

「ここ、暑いな。ちょっと外に出ないか？」

月が出ていた。

廃墟化した彫刻工場の近くには川が流れており、早朝から昼にかけて降った雨で増水。闇色に塗られた川の水が心持ち足早に流れていく音が耳に涼を運ぶ。

蓮太郎と火垂が並んで歩いているのは川沿いの土手だった。

深夜にもかかわらず、時折犬を連れて散歩する老人や息を弾ませてランニングするジャージ姿の人間とすれ違う。

しばらく下流側に向かって歩いていると、火垂はあきれたようにこちらに目線をやる。

「痛くないの？　凄いわね。『新人類創造計画』の強化手術って痛みまでコントロール出来るのね」

「まあ、そんなところだ」

蓮太郎は嘘をついた。傷はじくじくと痛むが、正直に言えば、彼女はしばらくの間静養することを強要するだろう。それはできない相談だった。

朧気ながら、さきほど見た夢の内容を覚えていた。木更もティナも延珠もいなくなったがらんどうの天童民間警備会社で慟哭する自分——あれはきっと、ただの夢などではない。自分が延珠たちを救い出せなかった近い未来に現実として直面する問題が、夢の形を取って出来した予知だろうと当たりをつけていた。

なればこそ、もう、一刻たりとも時間を無為に過ごすわけにはいかなかった。

「蓮太郎、これ」

火垂が胸元のポケットから取り出した物体を見て、蓮太郎は最初落ち葉か何かかと思った。だがすぐにそれが変わった形の鍵であることに気付く。持ち手の部分がカエデの葉をかたどっていて、紅葉したように見える腐食部分も、薬品で処理されたものだろう。手の込んだ逸品だ。

「これは？」

「ソードテールが持っていたものよ」

ハッとして、もう一度まじまじと見る。

「携帯電話は、ダークストーカーの攻撃で破壊されていたわ。手掛かりになりそうな物はこれだけ」

蓮太郎は顎に手を当てて擦る。

「なんの鍵なんだろうな……」

火垂はかぶりを振って「見当も付かないわ」とこぼす。

結局色々議論したが決着を見ずに、この鍵については保留となった。

火垂は今度はポケットから紙片を取り出す。

「もう一つは、これよ」

受け取って開いてみてハッとした。未織に頼んでいたガストレア細胞の分析結果だった。

蓮太郎は紙片を穴が空くほど見る。聞いたこともない薬品の名前が無数に書き連ねてあり、見ているだけで頭が痛くなりそうだった。

「どうやって見るんだよこの紙」

「私も細かい見方はさっぱりよ。ただ、未織さんが注目して欲しいって言ってたのはここ」

そう言って彼女が指差した箇所を見てハッとした。

『トリヒュドラヒジン——ガストレア細胞より0.1ミリグラム検出』

その時、蓮太郎と火垂を濃い影が覆い、高架橋の上を凄まじい音を立てて列車が通過する。

あとには、凪のような静けさが取り残された。

「トリヒュドラヒジン……だと？」

火垂の瞳が鋭く細められる。

「知ってるのね？」

蓮太郎は頷いて、ほっそりとした首の上に乗った青灰色の瞳を見る。

「火垂、お前ガストレア大戦のことをどれくらい知ってる？」

なにをか言わんやとでも言うように、肩をすくめる。

「私は『無垢の世代』よ。ガストレア大戦はすべて伝聞の物語に過ぎないわ」

蓮太郎は目を閉じ、恐る恐るガストレア大戦の記憶に触れる。

「ガストレア大戦では、ウィルス感染の倍々ゲームで増えていくガストレアに対抗するために急ピッチで研究が進められ、あらゆる世道人心、守るべき倫理が忘却された。世界規模の『見なかったフリ』だよ。その結果、クラスター爆弾や毒ガスの散布、地雷の設置、遺伝子操作、人体実験なんかもやったんだ。『新人類創造計画』も闇の落とし子の一つだ」

「トリヒュドラヒジンもそういうものの一つなのね」

蓮太郎は頷く。

「トリヒュドラヒジンは、当初はガストレアのウィルス増殖を抑制する画期的な薬だと喧伝されて鳴り物入りで発表されたんだけど、結局すぐに発売中止になった。効果は一時的なもんで、耐性が付与されたあとのウィルス増殖を止めるには至らなかったんだ。だが、この薬は別の面で注目された」

「人間やガストレアに用いた場合、副作用として強力な催眠状態を誘発することになったんだ。だから一時期はレイプドラッグとして、返品されてきた在庫がブラックマーケットを通じて大量流出して社会問題化した事件がある」

「別の面?」

学問の研究成果物というものは、得てして思わぬ横糸で繋がっているものである。

青カビの二次代謝物から偶然生まれたペニシリンが抗生物質として何百万人もの命を救ったりする陰で、トリヒュドラヒジンのように、作られた方向性は善であったにもかかわらず、闇の力が注目され不本意な汚名を被るに至ったものもある。

蓮太郎が対蛭子影胤戦で腹に大穴を開けられた時、起死回生の一手になったAGV試験薬——正式名称アンチ・ガストレアウィルス試験薬も、本来は菫がガストレアウィルスの増殖を止めようとして失敗、その結果別の効果が注目された例である。

「どうしてそれが、ガストレアの細胞から検出されるの?」

「俺にもわからない……社会問題化して取り締りが厳しくなってから、卸売りしている業者も客を選ぶようになったんだ。しばらくお茶の間のニュースとしても話題にのぼらなかったはずだから、俺もすっかり忘れてたよ」

「ねぇ蓮太郎、その副作用の催眠効果だけど、ガストレアにも効果があるの?」

「人間ガストレア問わず効く。勿論、ガストレアウィルスは体内に入ってきた異物を排除・無毒化しようとする効果が強いから、継続的に強力な催眠状態を作ろうとすると、ものすごい量のトリヒュドラヒジンが必要になるけどな」

「それこそ、細胞分析の結果で大量に検出されるまで？」

蓮太郎はハッとする。

「いや、でもまさか。じゃあ五翔会はガストレアを催眠状態にして一体何をしようとしてるんだ？ じゃあ『ブラックスワン・プロジェクト』ってなんなんだよ」

火垂は黙ってかぶりを振る。

想像すればするほど、不気味な妄想だけが胸を去来していく。

問題は五翔会がトリヒュドラヒジンをどこから調達しているか、ということである。

ある程度の量を調達しようとするとコネが必要になるし、当然裏稼業の人間に接触しなければならないだろう。彼らに動きが察知されないはずがない。

「裏稼業か」と独りごちる。

「あるのね？ あてが」

火垂の瞳の奥が鋭い光を放った。

2

次の日の朝から昼にかけては傷の回復に努め、実際に動き出したのは夜闇が迫ってきた頃だった。

電車を乗り継いで訪れた外周区は、東京エリア第三十一区。

二〇三一年現在、外周区のほとんどが廃墟化して復興のめども立っていない状況だが、東京湾を包囲するようにモノリスが立っている旧品川区、旧江東区、旧港区などの内地寄りのエリアは比較的廃墟化が少ない。

こういう場所が待ち合わせに使うには勝手が良いことは知っていた。住人以外がまったくといって良いほど存在しない夜半ともなれば、その効果はさらに高まる。

だが油断はできない。

これから会う人物は、紛れもなく黒社会の人間なので、裏を返せば、外周区は死体の始末の簡便さにおいても長じているということである。

事前に聞いていた住所から待ち合わせの場所は駅から大分歩くだろうとは覚悟していたが、まさかモノリスの端までの強行軍になるとは思ってもみなかった。

闇を吸い込む漆黒のモノリスが夜天にもはっきりと目印になるので、幸いにも方角を見失うことはない。

奇々怪々なシルエットと化した廃墟を突っ切っていくと、やがて磯臭い海のにおいと共に潮騒が聞こえる。

ひときわうずたかく積もった瓦礫を登攀して天辺に立つと、奥手側にはさざ波の立つ黒い鏡面がわずかな月明かりを受けて輝いていた。

寄せては返す波の鼓を耳に心地よく感じながら、その横手には莫大な量の闇を集めるモノリスの終端が見えた。

海側の埠頭に降り立ったところに、かまぼこ状の倉庫が整列していた。紙に書かれた番号と建物を交互に眺めながら進んでいくと、やがてひときわ大きい施設に行き当たる。元は陸揚げされた海産物を貯蔵・加工する水産加工場だったのだろう、潮風の洗礼を受けた壁の文字はかすれていて判読不能。所番地を確認して、ここだとわかる。

時刻を確認すると午前零時。

肝心の待ち合わせ相手の姿はない。

「これが海……」

そんなこちらの思惑など意に介さず、火垂は畏敬に打たれたような表情で、ふらふらと海側に進んでいく。

「見たことないのか？」

火垂は上目遣いにこちらを見ながら頷く。

「行ってみてもいい？」

蓮太郎は苦笑する。

「なんで俺に許可を取る必要があるんだよ」

モノリス磁場の恩恵があるので、あまり沖まで出なければ自由に遊泳できるし、海水浴を行うことも可能だろう。

だが、どこかに海棲ガストレアの不安がつきまとう二〇三一年現在、海で遊泳することは酔狂とみられるのが常だった。

漁業は事実上壊滅し、船底をバラニウムで補強したミサイル艦とて、決して安泰というわけではない。海産物は沿岸の養殖に頼り切りになり値段が高騰している。むべなるかなと思う。

火垂が蓮太郎への警戒も忘れて初めて見る大洋に駆け寄り、その水の冷たさに驚き、舐めた舌先を走る未知の感覚に仰天していた。

「見て蓮太郎、しょっぱいわ！」

「当たり前だろ！」

その興味津々に目を丸くする様子は、まさしく子供のそれであり、また、延珠に通ずるものがあった。

そういえば、延珠も出会ったときは敵愾心を剝き出しにしていたなと苦笑する。

「モノリスが近いけど、大丈夫か？」

イニシエーターも体内にガストレアウィルスを保菌していることには変わりないので、体内浸食率の程度によっては様々な影響を受ける。

「問題ないわ。私の体内浸食率は一〇％強くらいだから」

「そうか……そこだけは延珠と違うんだな」

「なんのこと？」

「いや……」

蓮太郎は無限の大洋の向こうを睨みながら、いまだ囚われの延珠を想う。

——延珠、必ずお前を取り戻してやるからな。

その時、どこからともなく土を踏む音が聞こえ振り返ると、男が一人、鷹揚にこちらに歩いてくるところだった。

若くも年寄りでもなく、年齢不詳の感があった。真っ白なスーツを着込んでおり、肌つやの失せた黒茶けた肌は老人かと見紛うが、眼光は炯々としている。民警としての直感が、信用ならない奴だと告げていた。

「アンタが阿部さんの紹介の？」

蓮太郎は黙して頷くにとどめる。

ここに来る前に蓮太郎たちは、ハッピービルディング四階のテナントである闇金『光風ファイナンス』に繋ぎをつけて、ヤクザと密会していた。

蓮太郎の知人関係は警察に軒並みマークされていたが、まさか蓮太郎とヤクザの関係までも推測した人間はいないだろうと思ったら図に当たった形だった。

顔見知りでもあるヤクザの阿部翔貴は、だが蓮太郎と会った際、意外なほど緊張した表情を見せた。

他愛ない雑談のあと、ライターを借りて彼のタバコに火を点けると幾分リラックスした様子を見せ、ようやくその理由を『蓮太郎の顔つきが変わっていて驚いた』ことだと白状する。

たしかに日中は顔認証監視カメラの追跡を振り切るためにサングラスをして、ヒゲも最低限しか剃る暇が無かった。食事も満足に取っているわけではないので頬もこけているかもしれない。

そこまで思考して蓮太郎は首を振った。おそらく阿部が言っているのはそういうことではない。

卑劣な罠で狩りたてられる側に落ちて逆襲の機会を窺う蓮太郎は、きっと変わってしまったのだろう。少なくとも裏社会を生きる阿部が、初見で気圧される程度には。

こんな自分が少し前まで東京エリアの英雄などと言われて祭り上げられていたことを考えると、返す返すも皮肉めいている。

阿部にトリヒュドラヒジンの裏のマーケットでの流れを聞くと、苦虫を嚙み潰したような表情をして市況を語る。

彼の話をまとめると、巷に出回っているトリヒュドラヒジンの分量が減って末端価格が上昇していること。そして謎の組織がトリヒュドラヒジンを買い占めて回っていることだった。

最後に事情にもっと明るそうな運び屋に渡りをつけてもらう約束をする。

『蓮太郎さん、最後に言っておきやすが、俺たちにも渡世の仁義っていうもんがあるんです。俺は個人的にはクスリの売買には反対です。俺たちのアガリの大半はいまやほとんど株とかのネット上のインサイダー取引――つまり実態のない数字のやり取りになってますが、クスリよかなんぼかマシじゃろう思ってます。俺はクスリの売買がイヤで金貸しなんかに左遷されたクチなんで協力します。けど光風会が味方になったと思われたら困ります。もし俺らのシノギにまでちょっかい出すようなら、きっちり落とし前はつけさせてもらいます』

蓮太郎は阿部との会話を脳裏で反芻しながら首を振って回想を断ち切ると、目の前の運び屋を見据える。

運び屋は埠頭の先、テトラポッドの向こうにある極黒の海面を睨みながら横目でこちらを見る。

「で、何が聞きたいんだ？　東京エリアの救世主様は」

男の茶化した様子に、蓮太郎は冷ややかな視線で応じる。

「トリヒュドラヒジンを大量に買い占めて回っているのはどこの誰だ？」

「取引先相手の情報を漏らすわけにはいかねーなぁ。この業界、信用がなによりも大事なんでね」

蓮太郎はうんざりする。それが情報料を吊り上げるためのポジショントークなのは、交渉慣れしていない蓮太郎の眼にも明らかだった。

「そういう煩わしいのは無しだ。いくら欲しい?」

男は、下卑た笑いを浮かべたあと、「ま、情報料としてはこんなところが相場だな」と指を三本立てる。

吹っかけて来やがって、ハイエナめ。

「二倍出す。でも、金はあとだ」

「おいおい冗談はやめてくれ」

「いまは手持ちがない。事件が解決すれば二倍払ってやる」

「なんで俺がそんな空誓文を信じなくちゃいけない?」

「俺が生きていないと金が入らないとなると、アンタはガセを摑ませるわけにはいかなくなんだろ? 幸い、俺の顔はアンタでも知ってるくらいには有名らしいから、逃げも隠れも出来ねぇはずだ」

「断ると言ったら?」

「ここを無事に去れるのは、俺かアンタかどっちか一人になる。一応言っておくが、俺はこんなところで死ぬ気なんてさらさらねぇぞ」

海風が蓮太郎の制服と、運び屋のスーツを強くはためかせる。

「三倍出せ」

蓮太郎は頷く。交渉成立。

「じゃあ、話せよ」

男はスーツからタバコの箱を取り出して火を点ける。潮風が紫煙を運び去っていく。

「実はな、俺も取引先の事情をよくは知らない。一人、俺との窓口として交渉役の人間が来るが、そいつとも突っ込んだ話はしない。詮索はしないルールなんだ。金払いもいいしな」

「おい」

怒りを滲ませて言うと、男は手で制する。

「まあ待て。ただ、振り込みがあったあと、俺はいつもトリヒュドラヒジンを指定の場所に運び込む。そこがちょっと妙な場所なんだ」

「妙な場所？」

「外周区のモノリス近くにあるマンホールの地下に坑道めいた道がずっと続いている。いつも俺はマンホールの直下にクスリを置いて退散してるんだが、多分そこが連中のアジトなんじゃないかと睨んでる」

一筋の光明が差し込んできた気分だった。

「火垂」

傍らの栗色の髪の少女を見ると、彼女も興奮を押し殺した表情で重々しく頷く。

「ようやく掴んだわね。そこが五翔会のアジトの可能性は高いわ」

蓮太郎がそのマンホールのある場所を聞くと、地図上ではここからちょうど内地を挟んで反対側にある外周区だった。

移動だけで随分時間を取られそうだった。

いますぐにでも行動しようと、踵を返しかけたとき「ちょっと待て」と声が掛かる。

「お前さんたち、そんなところになにしに行くんだ」

「取引相手と突っ込んだ話はしないんじゃなかったのか？」

「多分クスリの発注量から、アンタの追ってる施設にはかなりの人数がいることが予想されるわけだ。見たところアンタたちの得物は拳銃だけのようだが、そんな貧弱な装備で施設を丸ごと相手にするつもりか？」

「何が言いたいんだ、アンタ？」

運び屋は似合わない挙措で肩をすくめる。

「なに、俺はアンタたちが死んだら金は手に入らないんだ。折角だから賭け金を少し上乗せしてやろうと思ってな。ついてこい」

そう言うや、男は目の前の水産加工施設のトラック発着所から商品管理センターに入り、施設内に上がり込む。

蓮太郎と火垂は顔を見合わせる。

「どう思う？」

「怪しいけど、確かに装備が不足しているのは否めないわ。行ってみましょ」

懐中電灯をひねって振り返りもせず廊下を進む運び屋の十歩ほど後ろに、蓮太郎たちが続く。

外周区の廃墟にしては、水産加工施設は秩序的な崩壊を見せていた。

蓮太郎はこの手の廃墟を山ほど見てきたので、本当に訪う者の絶えて久しい廃墟と、そう見せかけた廃墟の違いを嗅ぎ分けられるようになっていた。直感的にここは後者だろうと踏む。

普通、使えるものは外周区の住人によって略奪の憂き目に遭っているものだが、ここはどうもそういうわけでもない。

二階に上がり、やがて男は扉の前に立つと、懐中電灯を口にくわえて錆びたクランクを回す。

冷凍貯蔵庫だっただろう密閉扉が重い音をあげて開くと、中から嗅ぎ慣れた鉄と機械油のにおいが飛び込んでくる。

覗き込んで、思わずため息をついた。

一言で言うなら、そこは武器庫だった。

壁に掛けられた大量のハンドガン、手榴弾、アサルトライフルやロケットランチャー。どれも新品だ。

呆然と振り返ると、運び屋は肩をすくめる。

「好きに持って行ってくれ」

「いいのか？」

運び屋は居心地悪そうに苦笑する。

「言っておくけどお前のためじゃなくて、お前が生きて払ってくれる報酬に興味があるんだ。そこんところを間違えないでくれよ」

首肯だけで謝意を示すと、あらためて中に首を巡らせる。

近場の木箱に触れると、ざらざらと湿気た手触り。投げ渡されたバールで上蓋をこじ開けると、干し藁の緩衝材に包まれ、油紙が巻かれているのは、大量のクリスベクター短機関銃だった。

「こっちは狙撃銃ね」

振り返ると、火垂が取り上げたスナイパーライフルをカタカタと振って見せる。

「M24狙撃銃か……」

傑作狙撃銃レミントンM700を買い上げたアメリカ軍がカスタムした、米軍御用達のスナイパーライフルである。光学スコープには、リューポルド社の十倍固定倍率のものが据え付けられている。至る所がカスタムされたA3モデルと呼ばれるものだ。軍の払い下げ品だろうが、よくこんなものが出てきたものだと思う。だが——

「零点規正もしないで当たるもんじゃないぞ」

「へぇ、詳しいのね」

「一人、ウチの事務所に専門家がいるだけだ。扱えるのか？」

「まあ、手習い程度だけど。ゼロインは一〇〇メートルでやっておくわ。あなたが使う？」

「いや、折角だけど、拳銃より重い物を持つと近接戦の格闘技が鈍(にぶ)るから持たないことにしてんだよ」

火垂は別段気分を害した風でもなく、腕組みする。

「そう。じゃあ、爆薬(ばくやく)だけ運んでくれればいいわ」

「爆薬？」

火垂が木箱に手を突っ込んで地面にそれを並べていく。

細長い粘土状のそれは、プラスチック爆弾だった。戦争でも始められそうな量だ。

これだけあれば、とりあえずどんな敵にも対処が可能だろう。

それからしばし議論しながら武器を見繕(みつくろ)って外に出たときには、夜が白み始めていた。

払暁(ふつぎょう)の太平洋は、鏡のように静かだった。

海の向こうから黒雲が襲来(しゅうらい)する。

大きく息を吸い、吐く。

決戦の時は近いことを、余さず悟っていた。

3

「そうか、ソードテールも負けたか……」

「ええ、まったく嘆かわしいことですね」

中央制御開発機構——通称『黒ビル』の休憩室で、櫃間はこちらに背を向けたまま、窓の外から街を見下ろしている。

こちらに背を向けたままの櫃間の背中を見つめながら、巳継悠河は不思議な感慨を抱いていた。

「またてっきり怒るものだとばかり思っていました」

「怒っているさ。だがみっともなく喚く前に、奴の……里見蓮太郎の首を取る方法を考えているだけだ」

悠河は声に出さずに感心した。

お世辞にも頼りがいのある上司とはいえなかった櫃間も、この苦難を通じて成長したらしい。

「紅露火垂の力を侮っていたのも敗因の一つでしょう。ガストレア因子の特定はできませんでしたが、今際のソードテールの話だと、一旦死んだのに蘇ったそうです。あるいは死んだと見せかけて相手の寝首を掻くのに特化した能力なのかもしれませんね」

「対策は？」

我が意を得たりと思いながら、悠河はポケットからライフル弾を抜き、指で転がしてみる。

先端の弾頭部が黒く、胴部の薬莢が真鍮色に輝いている。櫃間の目には通常のバラニウム・

ライフル弾にしか見えないだろう。

　果たして櫃間は体ごとこちらに振り返ると、眉をひそめる。

「それがお前の秘策なのか？　ハミングバードもソードテールもバラニウムナイフとバラニウム銃で戦った。それでも後れを取ったということは――」

「――まあ待ってください櫃間さん」

　掌で遮ってから、悠河は続ける。

「弾丸部に封入されているのは、バラニウムを液状に溶かして濃縮した、濃縮バラニウム弾です。インパクトの瞬間内部で砕けた濃縮バラニウムが体内に広がって、再生レベルⅢまでのガストレア、およびイニシエーターを殺害します。取り寄せるのに苦労しましたよ」

「再生レベルⅢ？」

「聞いたことありませんか？　普通のバラニウムの武器で殺害可能な個体を『再生レベルⅠ』と定義して、ほとんどすべてのガストレアとイニシエーターがここに所属しているのですが、この範疇に収まらないものがレベルⅡ以降ですね。レベルⅡは通常のバラニウムの再生を押し返す程度で、首と胴体を切り離したり、燃料をかけて燃やせば倒せる程度です。レベルⅢになると、腕を切り落としても生えてきたり再び元の肉体に戻ろうと、細胞同士が呼び合うみたいです」

「細胞同士が……呼び合う……？」

薄気味悪そうな表情をする櫃間を見て、予想通りの反応に内心苦笑する。

「レベルⅣはもっと凄い。体のほとんどの内臓を損失しても再生が可能で、これを葬るにはチリも残さず滅却するしかない。アルデバランがこの再生レベルですよ。そして再生レベルⅤ、これは極低温や真空、何千度もあるマグマの中に放り込んでも、環境さえ整えば再生します。分子レベルでの再生。二〇三一年の科学では物理的に殺しきる手段が存在しないのがレベルⅤです」

櫃間がうんざりしたような表情で手を払う。

「もういい。私はそんな与太を聞きたくてここにいるのではない」

美丈夫のかんばせから覗く横目が、キロリとこちらを向く。

「つまり、お前の持っている銃弾で紅露火垂は殺害できると?」

「まず確実でしょう。紅露火垂は精々がレベルⅡ、どんなに卓越した再生能力者でもレベルⅢが限界です」

「ではお前に奴等のことは一任する——と、言いたいところだが、お前の取り寄せたその弾も無駄になるかもしれないぞ」

「どういうことです?」

「もうすぐ里見蓮太郎と紅露火垂のねぐらが判明するやもしれん。高速道路での機関銃乱射事件と司馬重工での事件で、現場から逃走した方角から三角測量でおおまかな位置を割り出している。現在周辺を捜索させている」

なんだそんなことかと思って両手を広げ、肩をすくめる。

「判明しても、並みの警察では相手にならないですよね？」

「そこで、民警を使う」

悠河の眦が知らず鋭くなっていく。

「……民警を？」

櫃間が傍らのサーバーからコーヒーを落として紙コップをこちらに寄越すが、顔の前で腕を振って辞する。

「民警は使わないはずでは？」

そもそも警察は、勾田プラザホテル包囲戦で重包囲を敷いたにもかかわらず蓮太郎をまんまと逃がした失態を隠蔽したため、結果的に民警やその他の機関には協力を要請できない状況を自分で作り上げてしまっている。

「そうも言ってられなくなったということだ」

「誰を差し向けたんです」

櫃間はもったいぶってコーヒーに口をつける。

「この依頼にうってつけの連中がいたので、私から説明して現場に急行させた。残念ながら、お前の出番はない」

悠河はしばし黙考してから、やがて静かに首を振る。

「僕は予定通り例の場所で里見蓮太郎を待ちます」

櫃間は困惑したような表情を見せる。

「なぜそんなことをする？」

「拳を交えたことのない櫃間さんには理解できない次元の問題かもしれませんね。彼は来ますよ。僕にはわかるんです」

しばらく腕組みしていた櫃間は、理解を放擲したように飲み干した紙コップを放る。

スコッ、と軽い音がしてゴミ箱の山にまた一つ、コップが山となる。

「好きにするといい」

悠河は小さく頷く。櫃間も頷きを交わした。

「では」

「ああ」

それだけで別れは事足りた。

4

一礼して休憩室を出ると、悠河は一人、最終決戦場へと歩を進めた。

真っ暗な空は時折ゴロゴロと機嫌悪くうなりながら、重く鋭い雨を降らせていた。樋を伝って流れる水音が沢辺を流れる緩流めいて耳に届き、雨漏りの音がピチャピチャと床を打ち据える音が混ざり合って、アンサンブルを形作っている。

蓮太郎はそれらを聞きながら、彫刻工場に横たわっていた。

湿度が高く、気温は幾分下がっている。蓮太郎にとって、ただいたずらに暑いよりも、こういう天気の方がまだ幾分過ごしやすい。

身じろぎするといま背にしている石粉が舞い上がって埃っぽくなってしまうので、出来るだけ動き出さずにじっとしていた。

窓をずっと閉め切った暗い彫刻工場の床に寝ていると、まるで死人になったようだった。

仰向けに寝て、胸の前で手を組んで行う、生きながらにして行う死者の真似事。

火垂との約束で、今日はずっと傷の静養に努めることになっている。

一刻も早く起き上がり、『ブラックスワン・プロジェクト』の真相を暴き立てたい気持ちがあったが、気持ちだけが急いても、体はまったくついてこなくなっていた。

カロリーを食うとわかりきっている思考だけはどうしても止められなかった。思考というものを意図的にシャットダウンすることは難しいのだなと思う。

たしか仏教の最終目的である悟りに至るための修行の一環には、こういう益体もない思考を止める訓練も組み込まれているのではなかったか。

最初に浮かんできていたのは、早晩別のプロモーターと組まされることになるという延珠のことだった。

蓮太郎も民警である以上、一旦組むことになったペアの解消がどれほど難しいかはよく心得ていた。ましてや、彼女と組んだプロモーターが延珠の秘めたる力に気付けば、手放そうなどとは思うまい。

まさか留置場に見舞いに来てくれたあの日から、一度も会うことが出来なくなるとは。

会いたい、心からそう思う。

不自由な思いをしていないか。やはりニュースを真に受けてすでに蓮太郎は死んだものとして聞かされているのか、それとも一切の情報とは隔離されているのだろうか。

ティナはどうしているだろう。裁判の証言台に立たされてなんらかの形で断罪されるとしてもそれなりの時間は掛かるだろうが、裁判官も弁護士も検事も、裁判員でさえも『奪われた世代』であることを考えると決して楽観視は出来なかった。

もし彼女にも人並みの人権が保証されているとしたら、今頃ティナは留置場の隅で膝を抱えているのではないか。

汚い大人に散々利用されてきたティナに、これ以上同胞の恥を見せたくはなかった。あらゆる艱難辛苦から彼女を保護してやる心積もりでいた。

そこで蓮太郎は、木更のことについて意図的に考えまいとしている自分に気付いた。

そう、自分はまだなにも考えていない。櫃間との結婚が決まった木更についても、完全に思考を凍結して結論を繰り延べしている。

どうしてここまで事態が悪化してしまったかといえば、愚かにも櫃間を善なる者だと信じ、木更を託したからだ。

不意に目頭が熱くなって、目尻から溢れた涙が頬を伝う。

すべて、自分が間違っていた。

どの面下げて『結婚を破棄して帰ってきて欲しい』などという寝言が言えようか。面会室での別れ際に汚い言葉を吐きつけて一方的に彼女の尊厳を踏みにじった自分が。

その時、階下から足音が聞こえてきて、慌てて目元を拭って寝たふりをすると、ほどなくして錆びた蝶番が軋む音がする。

首をそちらに向けずとも、その息づかいから火垂だとわかる。

「蓮太郎、寝てる？」

「……いや、起きてるよ」

慎重に体を半分起こすと、火垂は雨を吸った栗色の髪を振って両手でタンクトップの裾をかたく絞っているところだった。張り付いた肌着から、火垂の薄く引き締まった腹と、艶めかしいラインを描いて連なる胸が透けて見える。

その時、こちらの視線に気付いた火垂が自分を抱くような格好のままその場に蹲り、唇を引き結んで蓮太郎を睨む。

「見た？」

蓮太郎は後ろ髪をぐしゃぐしゃと掻く。

「アホ。ガキの裸なんか見ても嬉しかねぇよ」

火垂はしばらく唸り声を上げていたが、やがて小さくため息をつくとかぶりを振る。

「包帯代えて体拭いてあげるから脱いで」

こちらの返答を聞く間もなく背中に回って器用に蓮太郎のカッターシャツを脱がすと、甲斐甲斐しく蓮太郎の背中を拭く。

蓮太郎はされるがままになる。

背中を濡れた手ぬぐいが往復する冷たさを感じながら、明日はおそらく最終決戦になるというのに、なかなか言葉は出てこない。

いつからだろうか、火垂のこちらへの態度は明らかに変わっていた。出会った頃のような険は取れている。

「傷だらけね」

「たしかこれが『第三次関東会戦』の傷。これが『聖天子狙撃事件』の傷、これが『蛭子影胤テロ事件』の傷だな」

一つ一つ指差していく。どれ一つとして、楽な戦いはなかった。戦いの記憶は、体中に刻印されている。

不意に、背中に柔らかく仄かに温かいものが押しつけられ潰れて、思わず背筋が伸びる。それが彼女の頬だと気付くまでしばしの時間を要した。

「ごめんなさい。私、蓮太郎のこと誤解してた」

不意に、沈黙が訪れる。

彼女がつっけんどんな態度と裏腹に繊細な感性の持ち主であることは、短い時間ながら一緒にいてわかっていた。

――やはり、これ以上は……。

蓮太郎は横目で火垂の顔を見ながら、心の中で、そっと一つの決断をする。

「いいんだ、もう寝よう」

返事も待たずに懐中電灯のスイッチを切ると、蓮太郎は自分の両腕を枕にして眠る。

火垂が何か言いたげにしばらくこちらを見ている気配があったが、やがて横になる衣擦れの音がする。

蓮太郎が闇の中目をこらすと、かすかに白い天井が見える。

体はへとへとだったが、いま眠りに落ちてしまうわけにはいかなかった。

どれくらいの間じっと闇を見据えていただろうか。枕にした腕がしびれてきた頃になって、火垂が寝返りを打つ気配を感じる。頃合いかと思って静かに起き出す。

ズボンのバックポケットに手を回し、コンビニで懐中電灯を買った際、ついでにこっそりと購入した小さなペンとメモ用紙の綴りを取り出すと、一枚破って勘任せで文字を書き付ける。暗くて出来のほどは確認できなかったが、それを火垂の隣に置くと、静かに立ち上がり、足音を立てないように廃墟を出ようとする。

——そこを、懐中電灯の光に射貫かれて、まぶしさに腕を上げて顔を防御する。

「……どこに行くの？」

火垂の声は冷たかった。

「…………………」

蓮太郎は言うべき言葉もなく、黙って火垂を見返す。

火垂は自身の枕元に置かれたメモ用紙に気がついて、手に取り目を落とす。

「……なに、これ？」

火垂の目は鋭く細められ、声の温度は凍結していた。普段から表情は乏しく感情の薄い声で喋るのだが、いまは確実に怒っている。それがわかるくらいには、蓮太郎は紅露火垂という人物について通じるようになっていた。

「書いてあるとおりの意味だ。ここでお別れだ火垂。手順はそこに書いてある。お前は警察に行って、いままで俺に脅されて協力してたって言うんだ。どこまで敵の組織が警察に食い込んでるのかはわからねぇけど、そこに書いてある勾田署の多田島警部っていう奴は信頼できる」

「ふざけないでッ」

「ふざけてなんかいない」

「私から逃げるつもり？」

「俺から逃げろと言ってるんだ」

一拍置いてから、続ける。

「火垂、いまが引き返しが利くギリギリ一歩手前なんだ。俺が犯人じゃないって信じてくれて嬉しかった。そのことは本当だ。敵は警察も操るようなデカい奴だ。明日の戦いは今日よりもっと厳しくなる。そうなったとき俺と一緒にいると、今度こそ命まで失うことになるぞ」

あえて恫喝するような厳しい口調で迫った。

だが、次に見せた火垂の反応は蓮太郎の予測するあらゆるものとかけ離れていた。

「蓮太郎まで、鬼八さんと同じように消えちゃうの？」

「なに？」

火垂の見せた表情は哀切で、こちらを見上げる瞳は涙でにじんでいた。

「鬼八さんもそうだった。ある日を境によそよそしくなって、隠し事が多くなって、別行動が多くなって…………聞いても何も答えてくれなかった。私の誕生日が近づいて、だからせめて誕生日だけは一緒にいてほしいって言ってケンカになって……朝になって起きたら書き置きの紙があったわ。誕生日までには全部片が付くって。そのすぐあとよ。電話で鬼八さんが殺されたって警察から連絡が来たのは」

「それは……」

想像するに余りある状況だけに、安易に慰めの言葉を掛けるのはためらわれた。

「いまでもどうすれば良かったのか夢に見るわ。私が寝たふりをして鬼八さんの後を追って、鬼八さんが拳銃で撃たれたときに盾になるの。鬼八さんは敵を撃退して、そしたら言えずじまいだったゴメンナサイを言うの。鬼八さんは私を抱きしめて耳元にささやくわ。ずっと一緒にいようって」

火垂は弱々しくかぶりを振る。

「いつもそこで目が覚めて、広すぎるベッドを見て、そのたびに歯噛みするの。今度こそ、絶対にパートナーを守ってみせるって。蓮太郎お願い、一緒にいさせてッ。私は知りたいの。変わり果てた姿になって帰ってきた鬼八さんになにがあったのか。復讐のためについていくことが駄目なら、自分の気持ちを未来に向けていくためにも！　お願い蓮太郎！」

お互い視線を絡ませ合う。どれくらい見つめ合っていただろうか、蓮太郎は目蓋を下ろすと、ゆっくりと鼻から息を吐いた。

「わかった。埋めてやるよ火垂、水原が死んでからお前の心に空いた穴をな」

徐々に理解を示した火垂の表情が明るくなっていく。何か言おうとして口を開きかけるが、きゅっと唇を嚙んで俯くと「ありがとう」とだけ絞り出した。

火垂が泣き笑いのような表情で右手を差し出してくる。

「改めてよろしくお願いするわ蓮太郎」

これがこの少女の地の性格なのだろうか。笑うと可愛いなと思いながら、その手を握り返す。少女の小さな手は信じられないくらいに頼もしく、熱い体温が脈打っていた。

「そういやお前さ、誕生日が近いとか言ってたけど、いつなんだ？」

「ああ、そのこと」

火垂は、ポケットから携帯電話を取り出すと「ちょうど良かったわね」といってバックライトを焚いた液晶をかざす。

時刻が〇〇時〇〇分と書かれている。深夜になり、日付を跨いだのだ。

火垂が悪戯っぽく笑う。

「誕生日は今日よ。これで私も十歳になったわ」

急な事態の流れに言葉を失い、咄嗟に頭の中を検索して何か祝いの言葉を探すが、もともと他人を寿いだりすることに不慣れな蓮太郎は、途方に暮れて頭を掻くより他なかった。

だがその時、剣呑な殺気を感じて、ベレッタ拳銃の銃把に手をかけ振り返る。

火垂も一拍遅れて気付いて、瞳を紅蓮の色に変え、力を解放する。

「蓮太郎、いるわね」

「ああ」

殺気は、彫刻工場の戸外からだった。

だが、殺気の群れは踏み込んでくるでもなく、一様に『迷い』のようなものを滲ませて佇んでいる。

攻めあぐねているのかもしれないが、増援を要請している可能性も捨てきれない。

嫌な予感がした。

どちらにせよ、このまま彫刻工場で籠城を決め込むのは得策ではない。

「行くぞ、俺の後を付いてこい」

火垂に合図を送りながらベレッタを構えて足音を殺して移動する。

蓮太郎たちが寝泊まりしていた彫刻工場跡地は二階建てで、郊外に立地しているため、いざ戦いとなった段に、戦闘音で通報されることも避けられる。

先ほどまで疎ましく感じていた豪雨も、戦闘音をミュートする役割を担ってくれているのだろう。

足音を殺して移動。支柱の陰に隠れて、コンクリ剝き出しの階段を降りて、正面扉横手に背をつけ、ちらりと外を窺う。

驟雨に降られるままになって立ちすくんでいる人影が三つ。

マグライトの光を差し込み目を凝らし、それが何者かを理解した瞬間、蓮太郎は束の間思考が漂白される。気付けば隠れることも忘れて外気に身をさらしていた。

「お前等……どうして……？」

マグライトに照らし出された三つの影は、一人の長身の男と、二人の少女だった。

長身の男は、フィールドジャケットを羽織（はお）り、飴色（あめいろ）のサングラスをかけている。

その傍（かたわ）らの少女は全身漆黒（しっこく）の装（よそお）いに、首にはスレイブチョーカー。

その二人とは対照的に、水のような静かな佇（たたず）まいをしているのは、武者鎧（むしゃよろい）に似た外骨格（エクサスケルトン）をまとった少女だった。

知らずふらりと一歩、建物の外に出る。強い雨は一瞬で蓮太郎の衣服の隅々まで重く湿らせるが、そんなことすら意中から失せていた。

すべて、知った顔だった。

かつては共に死線をくぐり、背中を預け戦った戦友たち。一騎当千のつわものである。

「まさか、これほど早く再会することになるとは思いませんでした」

凛（りん）とした声で一歩踏（ふ）み出した古風な装いの少女は、壬生朝霞（みぶあさか）だった。常に閉じられている瞳（ひとみ）が薄く見開かれ、侮蔑（ぶべつ）の色でこちらを見る。かつてアルデバラン打倒のために轡（くつわ）を並べて戦った戦士である。

なぜ彼女がこんなところにいるのか。

彼女はペア不在でいまだＩＩＳＯに身柄を引き取られているはずである。

朝霞はこちらの疑問を引き取ったのか、冷たく一瞥（いちべつ）を返す。

「警察の働きかけで、一時的ですがIISOから出向しています。殺人を犯して逃亡している凶悪な元民警を排除しろと」

以前は太刀を佩いていた彼女の手には、双剣と呼ばれる特殊剣が握られている。死んだプロモーターの衣鉢を継いだものだろう。朝霞はそれを地面に突き立てる。

「あなた様と再びまみえる日を楽しみにしておりました。ですが、どうにも星の巡りが悪かったご様子。お覚悟を」

朝霞の発言を引き取るように、片桐玉樹が地面に唾を吐き、サングラスの奥からこちらを睨む。

「警察からオレっちたちに依頼が来た。テメエ、殺人やらかして脱走したのみならず、高速道路での乱射事件と司馬重工での惨殺事件にも関わってるってな！　証拠も見た」

「…………」

警察となると、裏で櫃間が動いている可能性は高い。アイツがでっち上げただろう証拠の何を見たのかは不明だが、もはや話し合いの通じる空気ではなくなっていた。

『第三次関東会戦』の瀬戸際で共に笑い、共に泣いた戦場の友情すら貶め陵辱する櫃間の行状に、蓮太郎は静かに殺意の濃度を上げた。

一方で、脳の別の部分が彼我の戦闘力の差を分析するが、さしもの蓮太郎も絶望的な気分だった。

彼らの実力は、他でもないアジュバントリーダーだった蓮太郎が一番よく知っている。

「蓮太郎。この人たちってあなたの……」

傍らの火垂が、不安げな表情をする。

蓮太郎は強く頷いてみせる。心配はいらない。いまは共に戦ってくれ。

朝霞も玉樹も、アルデバラン戦で培った信頼に対する裏切りに憤っているが、一人だけ、その範疇にはない人物が哀切に訴える。

「なんで黙ってるの？　なんとか言ってよ」

左右に結われた金髪が乱れるのも構わず強烈にかぶりを振るのは、果たして片桐弓月だった。

「アンタ、そんなにボロボロになって……ッ！　そんなんで私たちに勝てるわけないよ！　投降して！　戦いたくない！」

「得物を取って構えろ」

「え？」

「茶番は結構だ、と言ったんだ。投降はしない」

朝霞と玉樹が表情を曇らせる。瞳には失望の色があった。

弓月は絶望的な表情をして、一歩あとじさる。

「アンタ……」

蓮太郎は腕を水平に伸ばす。義手各部が展開。

同時に義眼、解放。義眼の黒目内部に幾何学的な模様が走り、回転。

「お前らに名乗るのは初めてだったな」

天童式戦闘術『水天一碧の構え』を取りながら、敵を見据える。

「名乗るぞ、元陸上自衛隊東部方面隊七八七機械化特殊部隊『新人類創造計画』里見蓮太郎。お相手つかまつろう」

「あ…………」

ブルブルと震えていた弓月が、顔を伏せ、上げて、もう一度伏せる。その中に一体何回の逡巡があったのかわからない。

「もう諦めろ弓月！」

兄の叱咤に、ついに弓月の心も決まったらしい。最後にもう一度上げた顔には敵意がみなぎっていた。

玉樹たちが散開して蓮太郎と火垂を包み込むように包囲する。

一触即発の空気が満ちる。

長期戦の勝利はない。仕掛けるなら、こちらから。

脳裏に、かつて彼らと共に過ごし、戦い抜いた記憶すべてが去来する。

蓮太郎は雨でぬかるんだ泥の中、脚部カートリッジを爆裂させて飛び出した。

5

蓮太郎が死闘に身を投じたその少し前——


バケツをひっくり返したような雨の中にあっても、通り全体に染みついた酒気のにおいを洗い流すには至らないようだった。

赤や緑に瞬く街灯が雨で滲んだ光を投げかけ、来る途中、浮かれきった千鳥足で歩く酔漢と何度となく傘がぶつかった。

明らかに市の条例を逸脱したしつこさを見せる客引きには、ほとほと辟易する。もし自分が警官の制服に袖を通していれば連中も一発で酔いを覚ますだろうが、生憎私服刑事をやっているとほとんど制服に袖を通す機会は訪れない。

多田島茂徳は傘を首と肩の間に挟んで保持しながら、今日日とんと見なくなった紙の地図を広げて目的の場所を探す。

やがて首尾良く目的地を探し当てると、地図から顔を上げて、雨で煙る視界の向こうにあるビルを見上げる。

「ここ……なのか？」

なにかの間違いではないかと思うが、残念なことに三階に『天童民間警備会社』の楷書を見つけてしまう。

なんてボロくさい建物なのだろうかという言葉が、思わず口を突いて出る。

彼らは東京エリアの救世主などと言われながら、こんな場末のストリップ劇場すら出店を厭うようなうらぶれた場所に事務所を構えているらしい。

求める人物がこんな時間にいるとは思わないが、すでに自宅を当たってみて空振りだった以上、ここを当たってみるほかあるまい。

傘を畳んで石突きで地面を叩いて水滴を落とすと、階段を上がって三階に。天童民間警備会社のプレートが掛かった磨りガラスの扉の前に立って、呼び鈴を鳴らす。

三回押して反応がないことを確認して踵を返そうとしたとき、だが磨りガラスの奥で、影が動いた気配がした。

扉を叩きながら「すみません、勾田署のものですが」としつこく呼びかけていると、ややあって解錠音と共に黒髪の少女の顔が覗いた。

「あの、いま何時だと——」

揶揄を込めた言葉を言い止し、わずかに理解を滲ませた表情をする。

「多田島警部、で間違いなかったですよね？」

多田島は一礼しながら型どおりに切り出す。

「夜分遅く申し訳ありません。里見蓮太郎事件のことで少し。いま、お時間を頂いても構いませんか？」

木更は逡巡した様子を見せるが、やがて請じ入れる事に決めたらしく、扉を開けて一歩下がる。

よく見ると、彼女の姿は、たしかネグリジェとかいうワンピース型の寝間着だった。

質素で派手派手しいものでこそなかったが、それでも年頃の女性が恋仲でもない男の前でしていい服装ではない。

だが、どうも彼女はそんなことすら意中から失せているのか、ふらふらと頼りない足取りで炊事場の暖簾をくぐっていく。

ガラス玉のような虚ろな瞳には、触れれば壊れそうな危うさと無抵抗な美しさが同居していて、なるほど蓮太郎が熱を上げるのもわかると思えるほどの美人だったが、どこか引っかかるものがあった。

『蛭子影胤テロ事件』以降、何度か彼女とは現場で遭遇したことがあるが、常にちょっと苛立ったように腕組みした仁王立ちで蓮太郎を顎で使っている――そんな尊大な振る舞いが記憶に残っている。

しかしいまの彼女はまるで別人だ。こんな女性だっただろうかと思う。

と、カビのにおいばかりする狭い室内に不釣り合いな物に気付く。

執務机の隣に置かれた首無しマネキンが着込んでいるのは純白のウェディングドレスだった。それも一千万はしそうな最高級品だろう。

「私、結婚するんです」

ぎょっとして振り返ると、炊事場の奥から木更がティーカップを盆に載せて戻ってくる。

「……失礼ですが、おいくつですか？」

「十六、です」

「はあ、まあ……法律上は問題ありませんが。じゃあ通っている学校はどうなさるんですか？」

「辞めます」

硬く平滑な声音。半分伏せられた瞳は何かを諦めているように、視線は多田島の足下に据えられている。

これ以上深入りしない方が良いと本能が警告を発するが、つい刑事としての好奇心が勝ってしまう。

「いつ頃ご結婚なさるんですか？」

「明日、です。櫃間さ……先方が急ピッチで式の準備を進めていて、どうしてもって」

多田島は自分の耳を疑った。

「櫃間？　いま、櫃間と言いませんでしたか？」

「はあ……」

「それは、警視庁の櫃間篤郎警視ですか？」

「ご存じ、なんですか？」

「ご存じも何も――」

多田島はもはや当初の目的も忘れて本気で絶句していた。櫃間はいままで結婚が近いことなど、微塵も匂わせていなかった。

なのに、明日急ピッチで式を挙げるという。それもまだ十六歳の少女と。

――櫃間さんは結婚することを隠している？　でもどうして？

木更は立ち上がって黒檀材の執務机の引き出しを開けて戻ってくると、その手には金の懐中時計が握られていた。中蓋を開けると、文字盤の周囲に宝石がちりばめられ天の川のように瞬く。一目で高級品と知れる逸品だ。

「櫃間さんが、お見合いした日に、これを私にプレゼントしてくれたんです。もう私、お金にあくせくしなくていいんですよ？」

そういう木更の声にまるで喜びの響きはなく、まるでそう自分に言い聞かせて何かへの未練を断ち切ろうとしているように見えた。

多田島はなんと言ったものかわからず、沈黙を埋めるためにティーカップに口をつける――そして思わず顔をしかめそうになった。

「あの、大変失礼なんですが水で紅茶を煎れられたんですか？」

「え？」

木更の油膜掛かった瞳に一瞬理性の光が宿り、頬が紅潮する。

「やだ、私、また間違って……それに私、こんな服でお客様に応対して……バカみたい」

突如くしゃり、と木更の顔が歪み、両手で顔を覆う。

「やだ」

「え？」

木更の中で何かが決壊したと思った時には、彼女の体はぶるぶると震えていた。

「嫌なの……本当は、本当は櫃間さんと結婚なんかしたくない……里見くん、会いたい、里見くん……なんで…………なんで、死んじゃったの？」

しゃくり上げる声がして、木更は声なき慟哭に肩を震わせる。

ここに来て、多田島の違和感の正体がはっきりした。

櫃間は、どういうわけか木更には蓮太郎が生きていることを隠しているのだ。なので彼女は、プラザホテル包囲戦の顚末を見て、蓮太郎が死んだと思っている。

多田島は本気で頭に来ていた。

たしかに警察のメンツに関わる問題なので、一般人には蓮太郎が生きているということは秘されているが、せめて身内とも言える彼女には、口止めした上で本当のことを話すべきではないのか。

それを、こんな年端もいかない少女に結婚まで強要して、一体なにを考えているんだ。

多田島は真実を告げるべく口を開きかけるが、そこで理性の声が待ったをかける。

おそらくこれは、明確な櫃間篤郎に対する反逆行為である。

彼の背後にいる彼の父、櫃間正は警察の親玉の警視総監である。もし彼に睨まれでもしたら、多田島は明日をも知れない身となる。

だが、もしここで口を閉ざせば、きっと自分は後悔する。

――アンタ間違ってますよ、櫃間さん。

応接デスクのガラステーブルの上に両肘を突くと、多田島は大きく息を吸い、吐いた。

「天童社長、よく聞いて欲しい。警察の失態ということで事情は伏せられているが、里見蓮太郎は生きている」

ガシャン、と耳を聾する破砕音が響き渡る。木更がティーカップを取り落とし硬直していた。

やがて彼女の見開かれた瞳に涙が溜まり、両手で口元を押さえる。

――その時を見計らったようなタイミングで、突如どこからか音楽が聞こえてきた。

聞き覚えのあるメロディ。鋼鉄製のクシを打鍵する澄んだ音色は、オルゴールのものだとわかる。

音の出所は、探すまでもなかった。

「なんでこれが……?」

机の上に置かれたソレを随分長い間見つめてから、ふと目を向けた壁掛け時計は、深夜の零時ちょうどを指していた。

BLACK BULLET 6 CHAPTER 05

第五章
煉獄の彷徨者

1

泥水を撥ね散らかして行う闇夜の死闘は、絶望的な悪戦になった。

一度は手合わせした経験上、片桐玉樹の手甲と一体化したバラニウムチェーンソーの能力も、片桐弓月の使う不可視の糸によるテリトリー作成能力も知悉していたが、まったくの番狂わせになったのは壬生朝霞の短躯から繰り出される、恐ろしい膂力の斬撃だった。

彼女が持つ『双剣』とは、通常の剣の柄尻の部分から反対側にもう一本刀身が生えている奇剣であり、単純な長さだけなら槍ほどもある。ダンスするように腰をツイストさせながら振り回す朝霞の刃は、初撃はもとより、返す刃の二撃目がおまけとして襲来して迂闊に近寄れない。

のみならず、イニシエーターの膂力を以て自らの足下にたたき込まれた剣撃から発生する衝撃波は地震も同様に地を揺すりあげ、思わずたたらを踏むほど。

そこをタイミングを合わせて跳躍していた弓月と玉樹が急襲。恐ろしい唸りを上げるチェーンソーが耳元を擦過する。

とにもかくにも朝霞を封じようと、隙を見て火垂と一斉射撃を試みるも、快音と火花を散らしあちこちに跳弾する。双剣をプロペラのように回転させ銃弾を弾いたのだと気付いて唖然とする。

思えば、朝霞の序列は元二百七十五位。蓮太郎がいままでの人生で遭遇したことのある中でティナ、小比奈に続き、三番目に序列の高いイニシエーターだ。侮って良い道理はなかったのだ。

同時に、彼女の能力もなんとはなしにだが見えてきた。

彼女のガストレア因子はおそらくパワー特化型。それを鎧型のエクサスケルトンでさらに強化している。

勁力を込めた蹴りはエクサスケルトンに織り込まれた衝撃吸収繊維によって阻まれ、ほとんどダメージにならない。

活路はカートリッジ撃発による一撃必殺だが、相手もそれを知っているので、こちらが撃発の予備動作を取ると距離を取られる。

火垂の致死ダメージからの再生強化能力も、今回ばかりはアテにならない。

火垂が一瞬でも戦線から離脱すると、こちらは三人を同時に相手取らなくてはならなくなり、それはイコール蓮太郎の死を意味する。彼女もそれを知ってか、致命打を食らわないように細心の注意を払いながら距離を保って援護射撃に徹している。

火垂の基礎能力は再生強化を除けば、朝霞はもとより弓月にも大きく劣る。

勝てる道理は何一つ無い。

もはやこれまでと万人が諦める状況の中、だが蓮太郎は玉樹たちをして瞠目させる奮迅ぶりを発揮していた。

「どうして！」

圧倒的優位なはずの弓月が、雨に濡れそぼつ髪を振って驚愕の叫びを漏らす。

朝霞の双剣による三連撃を義眼の能力で紙一重で躱し、左右から打ちかかる玉樹のチェーンソーナックルと弓月の蹴りを、義足と義手でそれぞれ受け止める。

ズシン、と地面ごと左足が沈み込み、歯を食いしばる。

「おおおおッ！」

全霊を打ち込んではじき返すと、ぐらりとよろめく片桐兄妹。

同時に義足カートリッジを炸裂。蹴り出されるカートリッジ。

その場で泥土を圧縮せんばかりに踏みつける。ぬかるんだ泥土の底が大きく陥没し、次の瞬間大地に激震を与える。

こちらの意図に気付き咄嗟にバックした朝霞を除いて、弓月と玉樹は泥土を撥ね散らしながら転倒。

二人を顧みず、蓮太郎は正面にダッシュし追撃。彼女を倒さなければこの戦いに勝利はない。

迎え撃つ朝霞が双剣を大上段から振り抜いた時には、まだ蓮太郎との間合いは二〇メートル開いていた。

こちらのダッシュ速度を過剰に見積もってタイミングを合わせ損なったのかと思うが、不意に首筋が悪寒に逆立つ。

刹那の判断で横っ飛びすると、直後に背筋も凍るような重い断裂音がして、蓮太郎が一瞬前までいた場所もろとも地面を両断していた。

ゾクリとする。

射程距離のある斬撃——木更と違い、力任せに地面ごと叩き斬ったような断裂面を残していた。

続く二撃目は水平に払われる。

体勢を低くして斬撃をくぐると、背後で切断音。立ち止まらず背後を窺うと、煤煙を吹いて斜めに崩れ落ちるのは彫刻工場の二階部分だった。

鳴りそうになる歯の根を必死に食いしばり走る。

みるみる視界に迫る朝霞。彼女の刃圏に踏み込むと、途端に竜巻のような双剣の斬撃が変幻自在の軌道を描き、足下の泥土を削り迫り来る。

義眼の超演算。死に物狂いで技の軌道を読んで二撃を回避し、フェイントを掛けながら大きく右に跳ぶ。

朝霞の驚愕の表情。

——いまだ！

乾坤一擲の脚部カートリッジを炸裂させようとして――そこで突如、見えざる手に引っ張られたように後ろ側に体勢を崩す。

振り返って、そこで目を見張った。

「しまッ――」

スズラン灯に照らされ虹色にきらめくものは、蜘蛛糸だった。

そしてその蜘蛛糸を手繰っているのは、転倒したまま憎悪の表情でこちらを見る弓月だった。

彼女の蹴りを右義手で止めたとき、蜘蛛糸をつけられたのだ。

後悔に歯噛みする間もなく、朝霞の双剣がこちらを串刺しにせんと突き込まれる。

ぎゅっと目をつむる。駄目か。

ギィン、という甲高い音がして、双剣が吹き飛ぶ。

瞠目していたのは、他でもない朝霞だった。

突きかかった刀身の側面にどこからともなく襲来した弾丸がヒットして火花を散らし、武器を彼女の手から弾き飛ばしたのだ。

それだけではない。ほぼ同時に放たれたもう一発の弾丸は、強い引張力を発揮する蜘蛛糸を銃弾の熱で断ち切っていた。

凄まじい精密射撃。

「蓮太郎！」

火垂の声が耳に届くか否かのタイミングで蓮太郎も動き出し、朝霞の懐に潜り込む。

一瞬闇夜をまばゆく反転させた光は、義足内部の薬莢底部をストライカーが叩いた火薬の炸裂だった。

垣間見えた朝霞の表情は、まるで迷子になった子供のように途方に暮れていた。


十分後。

蓮太郎は泥土の中に立ちすくみ、しとしとと降る雨に打たれていた。

辺りには二人の人間が転がっている。

砕け散ったエクサスケルトンの破片の向こうに、ボロクズのように転がって水たまりに顔をつけているのは、壬生朝霞。

反対方向で仰臥して倒れているのは、片桐弓月だった。

「ぐ……くそ……………こんなことが」

咳き込む声を聞きとがめてそちらに向かうと、壁にめり込むようにして口元の血を拭っているのは、玉樹だった。

朝霞を倒した後の玉樹たちは、その弱点を完全に露呈する形になった。

彼らは、蓮太郎のカートリッジ炸裂による瞬発力重視の戦術に通じていた。裏を返せば、蓮太郎も片桐兄妹の戦術に通じているということである。

彼ら兄妹は両者共に接近戦主体。玉樹は拳銃を腰に吊って中距離にも対応しているが、彼が使う強装弾回転拳銃は、破壊力が高い反面、射撃反動が強く装弾数も少ない、ほぼ完全なガストレア用である。

手数の多さを頼みとする蓮太郎のベレッタと正面切って撃ち合うのは無理な相談だった。

蓮太郎と火垂の一斉射撃で玉樹を狙うと、彼を守るために弓月は連続して跳ばなければならなくなり、彼女が疲弊したところを狙うのはそう難しい話ではなかった。

残り一人となった玉樹は言わずもがなである。

顔を上げた玉樹の飴色のサングラスを透かしてこちらを見る瞳には、卑劣な裏切りへの憎悪が滲んでいた。

蓮太郎はそれを冷ややかな表情で受けた。

「殺せ！」

蓮太郎は玉樹の腹に拳をたたき込む。

玉樹は呻き声を上げたあと、口のなかで「チクショウ」とつぶやき、そして深くうなだれ昏倒した。

蓮太郎はその様子をしばらく眺め、目をつむると、涙雨に打たれるままに立ちすくむ。

「蓮太郎……」

振り返ると、胸の前で手のひらを組んで心配そうにこちらを見上げる火垂がいた。

蓮太郎はかぶりを振ると、彼女の脇を抜ける。

「行くぞ、もうここは危ない」

まだ、やらなければならないことがある。

『ブラックスワン・プロジェクト』を暴き出せば、すべて報われる。

たとえその道行きで、どれだけの呪いや憎悪を背負ったとしても、俺は――

2

手で庇を作って斜め上を見ると、東からのぼりかけた太陽は半分巨壁によって遮られているが、早くも猛暑を感じさせる陽気を放って肌を苛む。

雨雲は足早に失せてしまったらしく、空は快晴に近い。

巨壁下部には『NO．0013』という数字がステンシル塗装で描かれている。

ブラッククロームの石版・モノリス。人を避け、夜通し歩いた蓮太郎たちは、いま十三号モノリス足下にいた。

背後を見ると崩れたビルや屋根ごと押し潰された廃墟が視界の限り続いており、傾いていた電柱に紡がれた電線が複雑な綾取りのような模様を描いている。

幸いにもまだ朝早いせいか外周区の住人たちの姿はない。

「ホントにここが？」

「間違いないと思うわ」

即座に返った声は、平素と変わらず冷めて聞こえたが、どこか昂揚を滲ませている。

「運び屋の話だとどこかにマンホールがあるらしいから、探しましょ」

足下には、アルミ缶や各種プラスチックゴミが色とりどりに積層しており、手で触るのもためらわれたので、ブーツで朝露に濡れたそれらをどけていると、ゴミが発酵しているのか、ぬくぬくと温かい。

木材やモルタル、錆びた釘やらが散乱してなかなか地面が見えてこない。

もしかすると自分は運び屋に一杯食わされたのではないかと訝り始めたとき、ゴミの中から真新しいマンホールの蓋を見つける。

火垂を呼びつけて、彼女に見せると「ここで間違いないわね」と即座に答える。

「どうしてそう思う？」

彼女が足で指したマンホール横手には、気を抜けば見逃すほどの小さな『☆』マークと羽根が見える。血管がぎゅっと収縮するのがわかった。

火垂が力を解放してマンホールの蓋をどけると、漏れ出た冷気がひんやりと背筋を這っていき、ツンとくる汚物臭がどこからかする。

蓮太郎がライトで中を照らすと、錆びた配管と通路が左右に伸びているようだった。

武器を満載したボストンバッグやアルミケースを中に落とし、ともすれば萎えそうになる心を叱咤して錆びた鉄ばしごを一段ずつ降りていく。自分が先行するが、陽光の届かぬマンホールを降下していくのは、足下から怪物の口の中に入り込んでいるような悪寒があった。中は当然ながら日の光は届かず、マグライトの照らし出す環の中だけが視界の利く範囲である。

絶えずオオオオ、と亡者が唸っているような音が聞こえてくるのは、虚に風が反響しているからだろうと自分に言い聞かせる。

火垂は、左右に伸びた通路を順番に照らし出す。

「モノリス側と、いま来た方角側と、どっちに行く？」

「お前ならどっちに行く？」

「いま来た方角ね」

「じゃあモノリス側に行こう」

火垂は蓮太郎の膝を蹴飛ばしてくる。割と本気で痛い。

「もう、馬鹿！」

頬を膨らませる火垂に、蓮太郎は苦笑する。

「とりあえず、モノリス側に行ってみよう。行き止まりだったら反対側に回ればいい」

彼女も本気で怒っているわけではないのか、やがて一つ頷(うなず)く。

ぬかるむ足下が一歩踏(ふ)むごとにぐじっ、ぐじっと陰湿な水音を立てる。反響音はモノリスに近づくほど大きくなり、緊張の波は徐々に高まっていく。

道は一回ゆるく蛇行(だこう)した限りで、ほとんど直線といってよかった。

二〇〇メートルほど行ったところで、蓮太郎(れんたろう)と火垂(ほたる)は足を止めた。

「行き止まり……だな」

差し渡し一メートルほどある大きな壁が立ちはだかっていた。

正確な歩数をカウントしたわけではなかったが、おそらくいま自分たちが立っているのは、モノリスの直下だろう。

壁面はライトをキラキラと反射する極黒のブラッククロームに輝(かがや)いていた。これでガストレアの侵入を防いでいるらしい。

「どうやらここはハズレだったみたいね」

「いや、まだそうと決めるのは早いみてぇだぞ」

「蓮太郎？」

引き返し始めていた火垂が振り返る。

冷たく滑(なめ)らかな手触りのバラニウム塊の表面を撫(な)でていくと、指がくぼみに引っかかる。

「火垂、ちょっと来てみろ」

　横手に来た火垂に触らせると、びっくりしたような表情になる。バラニウム塊には直径二センチにも満たない穴が空いていた。

「さっきから笛の音みたいな音がうるさかっただろ？　だからどこかに風の通り道があるんじゃないかと思ったんだ。それより――」

　蓮太郎は言葉を切って、真正面からライトの光を当ててみる。

「これ、鍵穴に見えないか？」

　要領を得ない表情をしていた火垂がハッと口元に手を当て、慌ててジャケットのポケットを漁り始める。

「あったわ」

　火垂が取り出したのはカエデの葉をかたどった鍵だった。ソードテールが所持していたが、ついにどこに使うものかわからなかった謎のアイテムだ。

　蓮太郎が一歩下がると、火垂が鍵を差し込み回転させる。わずかな解錠音がした後、まるで奥から手招きするように音もなく開く。

「これは……ッ」

　一軒家ほどの小さなドーム状に地盤が抉れており、そこに電車らしきものが停車していた。電車にしては小さく、マイクロバスにしてはやや大きい。

「ライトレール輸送か……？　どうしてこんなところに」

軽快電車、次世代路面電車などとも呼ばれる軽便な輸送システムだった。

一歩扉をくぐると、中の天井は高くなり、LRVの奥側にはトンネルと線路が続いていた。

試みにマグライトを向けるが、線路奥は、深い闇が蟠って視界が利かない。

どうやらここは、LRVの発着場のようだった。

「当たりだな……」

「ええ」

トンネルの奥が五翔会とやらのアジトに続くのは間違いなさそうだった。

ここがちょうどモノリスの直下であることを考えると、LRVに乗ると『未踏査領域』に続くことになる。

そいつらはなぜかトリヒュドラヒジンを売人から買い付けており、それはガストレアの体内から検出された。

水原鬼八、駿見彩芽、芳原健二、高村莢、海老原義一。知っているだけで五人も消された。

おそらくこの数字も氷山の一角に過ぎない。

彼らは何を知ってしまったのか。なぜ、彼らは殺害されねばならなかったのか。一体この先にあり、夥しい人間の血を吸い続けた『ブラックスワン・プロジェクト』とはなんなのか。

ワナの可能性を考慮して油断無くLRVに近づき、乗り込む。

つり革や座席があるLRVの車内は奇妙なほど電車のそれに酷似していた。埃の堆積はなく、つい最近使用されたような形跡がある。

どうやって発進させたものかと思って運転席に行くと、意外にも、計器類はご丁寧にマニュアルが添付されていて、一読して自分でも行けると確信する。

挿しっぱなしのキーを捻り、機械類を作動させると、マグライトとは比較にならないほどの強烈な前照灯が正面の闇を切り取る。

メッキ地肌剝き出しの冷たいマスコンハンドルに手を置き、ゆっくり操作していくと、荒い振動と共に速度メーターがぴくんと跳ねる。つり革が一斉に揺れた。

P5にハンドルを操作して加速していったことを確認すると、速度を五〇キロに保って慣性航行に切り替える。

人心地ついて後部を振り返ると、火垂が流れていくトンネルの内壁をじっと睨んでいた。

「トンネルの内壁って、バラニウムで出来てるのね」

言われて蓮太郎も目を細めて見る。

「なるほど、このトンネル、シールドマシンを持ち込んで掘ってるんだな」

「シールドマシン？」

「前面におろし金みたいなカッタービットがついたトンネル掘り機だよ。最近のは掘り進めながらセグメントっていう素材を貼り合わせて、掘ってるときに地盤が崩れてこないように補強することができるんだ。多分そのセグメントの素材がバラニウムなんだな」

「凄い技術ね」

彼女は短い感想しか漏らさなかったが、彼女が口に出さなかった続く言葉も、蓮太郎は余さず理解していた。

五翔会はシールドマシンをトンネル内で組み立ててそれを運用し、解体、搬出。鉄道を敷いた上で、LRVまで通している。工程だけ考えても信じられないほどの大規模作業だ。

日本の五エリア間にシールドマシンを使って長大な地下鉄を通して、エリア間を結ぼうという『カシオペア・プロジェクト』なる計画も存在するが、技術的な問題もさることながら、隣のエリアの安い工業製品や農作物が流れ込んでくるのを厭う既得権益層が政治家に圧力をかけ、なかなか思うに任せないのが現状のようだ。

国家に先んじてこれだけの設備を投じる五翔会とは、一体どれほどの規模の組織なのだろうか。

会話がなくなり寂となると、その隙間に轍を踏む音が聞こえ、微震となって車内を揺する。しばらくマスコンハンドルに手を置いて前照灯すらも照らし出せない前方の闇を見据えていると、ふと背後から金属音。振り返ると、火垂がボストンバッグやガンケースの中身を開けて戦闘準備に入っていた。

火垂は、クリスベクター短機関銃のコッキングハンドルを引いて薬室を覗き込みながら、何気ない調子で呟く。

「蓮太郎、私考えたんだけど――やっぱり私たち、助け合いはなしにしましょう。私が倒れたら蓮太郎は私に構わず戦って。その逆になっても、私は気にしないようにするから」

まるで最初出会った頃に戻ったようなすげない態度にムッとして反論しかけるが、すんでのところでなぜ彼女はこんなことを言うのだろうかと思う。

あるいは彼女も、この先自分の身に何が起こるともしれないと思っているのかもしれなかった。

これより待ち受けるもの如何によっては。

壁面に赤文字で停止サインを見つけて、慌ててハンドルをブレーキ側に操作。

つんのめるように前側に押される感覚のあと、今度は跳ね返されるように体が後方に振られ、たたらを踏む。

「ここだ」

降り口の簡素なコンクリの奥には錆び色のドアが据えられており、上部には非常灯めいた緑色に発光するプレートがかかっていて、『第三生化学研究所』と読める。

「研究所？　ここは研究所なのか？」

「ここ、地図では一体どの辺に当たるのかしら」

「時速五〇キロでかれこれ二十分は走ったから、単純計算で一六キロ近くは来ているはずだ」

当然、モノリス磁場の加護も途切れて、地上は『未踏査領域』に突入している頃合いだろう。

地下研究所なのだろうか。もし地上にも施設があるとしたら、どうやってガストレアの侵入を防いでいるのだろうか。

蓮太郎は噴き出す掌の汗をズボンで拭うと、ノブに手をかけ、火垂を窺う。

「行くぞ」

扉を開けて中に入る。

暗い。廊下に繋がっていた天井灯は鬼火めいてほの青く光っており、銀灰色の壁や床に反射している。消灯したあとの病院を思わせた。

ひとけは絶え、どこからか機械の動作音がする。薬くさいにおいがした。床は掃き清められており、最近まで何者かが清掃保守していたことを窺わせる。

大判の扉をくぐると、ロッカールームが続き、出欠用のプレートが掛かっていた。『ファイヤーバード』『フッケバイン』『スクイドオクトパス』などとあり、おそらくすべて本名ではあるまい。

すべてのプレートが裏返っており、全員が欠勤扱いになっている。定休日、というわけではあるまい。もしかすると、蓮太郎たちの追跡を恐れた五翔会側がこの研究所を放棄したのではないか。

その確信は、事務所に入った瞬間いや増した。

紙を慌てて焼やした灰やシュレッダーでクロスカットされた紙くずがあちこちに散らばって

いた。この施設では、いまだに紙の書類が信頼に足るものとして使われていたらしい。

蓮太郎がハミングバードやソードテールを下したのは当然五翔会側の知るところだろう。蓮太郎の最終目的がここだと判断した五翔会側が、研究所を引き払ったのではないか。

もし予測が当たっているとすれば、蓮太郎の求めているものはもうここにはないことになる。

そう脳裏で計算する論理の声とは裏腹に、だがなんというか、不可思議な気配を感じる。

まるでこの施設の闇のどこかから、何者かが息を潜めてじっとこちらを見つめているような――。

途中で見つけたエレベーターにも電気が来ているようだったが、蓮太郎も火垂も、ケージ内部だけが異様に明るいエレベーターに乗ることを本能的な部分で忌避する。

回数表示パネルから、この施設が地上一階、地下二階で構成されている建物だと知った。

階段で地下二階に入ったとき、異様な寒気を感じる。

道なりに進むと、滅菌室にたどり着く。

ここで簡単な消毒を行うらしく、防護服も壁に掛けてあったが、いまさら土足で踏み込むのを躊躇する理由もない。

奥手の隔壁を開けるともう一枚分厚い隔壁のような物があり、近未来的な壁面パネルに、まるで宇宙ステーションにいるような錯覚に陥る。

たったいま通った隔壁が閉まりきると、奥手の隔壁が上がる。

すると大きい廊下が広がっていたが、暗がりの奥には不思議な物が散見された。

「檻……なのか？」

長方形型の檻が廊下の壁をくり抜いてはめ込まれている。一つや二つではない。長大な廊下の左右には、視界の続く限り檻があった。

問題なのはその大きさだった。動物実験で使うラットやウサギなどとは、明らかに格が違う大きさ。そしてかすかに聞こえる息づかい。

なにかが、いる。それも一匹や二匹ではない。何かが息を潜めてこちらを凝視している。

廊下の暗がりに一歩踏み出したとき、上着の裾が引っ張られる感覚に振り返ると、火垂が首を横に振っていた。気持ちは痛いほどわかったが、ここで引き返すわけにはいかないことも、どうしようもなく理解していた。

「正体を確かめよう」

そっと足を踏み出し、廊下を直進していく。異界に足を踏み入れたような後悔が蓮太郎の精神を蝕んでいく。

しばらく進んで、檻の中を窺おうとするが、奥まった部分にいるなにかの姿は見えなかった。

震える手でマグライトを一番手近な檻の中に差し込みスイッチを入れる。

光源に照らし出される真っ赤な瞳がマグライトの光を反射した瞬間、それは怒り狂って猛烈に突進してきた。

耳をつんざくように吠え猛りながら激しく檻に体当たりガリガリと鋭い歯で檻に噛み付く。火垂が恐慌に駆られて短機関銃を乱射する。

「ギイイイイッッッ！」

絞め殺されたネズミのような奇声を上げながら檻の奥に引っ込んだ途端、壁が爆発したのかと思うほどの大音声で鳴き声が重なる。他の檻の生物が銃声に驚いて悲鳴を上げ怒り狂って檻に体当たりを繰り返す。

「逃げるぞ！」

返答も聞かずに火垂の手を握って地を蹴り廊下を突っ切る。

反対側の扉に体当たりするように肩からぶつかって息も絶え絶えのまま振り返る。

「いまのってまさか？」

「ああ」

脈が落ち着いたのを待って、恐る恐る近づいていく。

そして檻の中に再び光を投げた。

ぬらぬらと光る体表。腐肉のように熟れきった体表面がぶよぶよと粘つく液を吐き、檻の奥から呪詛の絶叫を吐き出す怪生物たちがいた。

「これ、全部ガストレアなの？」

「それより、見てみろよ……」

蓮太郎が照らし出したのはガストレアではなく、その檻だった。

火垂の体が銃撃されたように強張った。

「バラニウムの檻……嘘、どうして？」

あまねくガストレアは、バラニウムを忌避する性質を持ち、バラニウムを敷き詰めた空間に閉じ込めておくと衰弱死してしまうほどだ。

この研究所が放棄されたのはここ数日かそこらの出来事のようだが、あの檻に入れられたガストレアはもっと前から中にいたのではないか。

ステージⅣでも半日も放置しておけば半死半生といった有り様だったはずだ。一体なぜ、あいつらは生きていられる。

疑問は差し置いて進むほか無かった。

Ｐ４レベルのバイオハザードを扱う六畳ほどの小部屋の中には、触手が盤根のように節くれたタコの怪物がいて、奇声を上げ盛んにガラス窓を破ろうと体当たりを繰り返す。

手術室と書かれた部屋に入って手術台の惨状を見るや、蓮太郎はそれきり近寄るのを諦めて扉を閉める。この研究所でガストレアに関する様々な実験が行われていたのは、ほぼ疑いの余地がなくなっていた。研究員は、こいつらを殺処分するのを諦めて逃げ去ってしまったのだろう。

蓮太郎はこれほどの圧倒的な汚穢を何度となく目にしながら、自分がまだ決定的なものを見ていないという予感があった。

それこそ、『ブラックスワン・プロジェクト』の根幹をなすようなものが、この施設のどこかにあるはずなのだ。

あらゆる施設を一巡して、最後にたどり着いたのは、ひときわ大きな扉の前だった。

探索中に廊下に張ってあった地図によると、この先はかなり広いコンサートホールほどの空間となっている。

プレートには『培養室』と書かれている。

「行くぞ」

半ば自分を鼓舞するようにそう言って、横のコンパネを操作すると、隔壁が一枚開く。奥に進むと、さらにもう一枚隔壁があった。

プシッと音がして、気を持たせて開いていく隔壁と共に、足下から強烈な冷気が煙になって吹き込んでくる。

やがて、眼前にソレが飛び込んできた。

ぶよぶよと黄緑色の球状に膨らんだ袋が胎動するように動く。

袋の外周にびっしりと網目状の血管が走っており、それらは密集して、ドーム状になった天井から重く垂れ下がっている。一つ一つの袋は人間がすっぽりと収まるほどに大きい。袋は薄く透けていて、中には多頭の半魚人、他にもイボだらけの甲殻をまとった甲虫、ヘビとも線虫ともつかない巨大な紐状の生き物など、様々な生物が培養されている。

袋状になって密集して垂れ下がる黄緑色の物体は、奇妙にマスカットに類似して見えた。巨大なドーム状の空間にいくつものマスカットが房ごとぶら下がっている。その一粒一粒の中にガストレアが入っているのだ。

まるで藤棚にぶどうが大量に生っているように。


『――ぶどう園を焼かないと』


会ったこともないはずの駿見医師の声が脳裏に虚ろに響く。

「嘘、嘘よこんなの……嘘」

「嘘なもんか…………ッ！」

火垂も、本当はとっくに真相に気付いているはずなのだ。なのに、気付かないふりをしている。彼女の無理解になぜだか無性に腹が立った。

「培養しているんだよ！　ガストレアをな！　しかもタダのガストレアじゃない」

彼女に当たり散らすことがいかに的外れか理解しつつも、剝き出しの恐怖にあてられ、自制が利かなくなっていた。

「ここで培養されていたガストレアが成体として完成したのが、さっきバラニウムの檻の中にいた奴等だ。こいつらはただのガストレアじゃない……ッ。こいつらはバラニウムに対して耐性を持つように作られているんだ。だからバラニウムの檻に入れられても死んでなかった。クソッ……こういうことだったのか」

菫は言っていたではないか。

『スワン──つまりハクチョウは本来的にすべて白色だとされていたが、オーストラリアで黒いハクチョウが発見されて鳥類学者の間に激震が走った事件がある。ハクチョウは本来的に白いものだと認識されていた世界では、誰もコクチョウの存在を予見できなかったんだ。

そこから従来の常識に縛られて長期的予測を立てていると、予測不可能な事態が起こったとき対応が後手に回ってとんでもないダメージを被ることになることをブラックスワン理論と呼ぶようになったんだよ』

『十年間連続で豊作だったら、明日洪水で一帯が流されるなんて夢にも思わないだろ？』

確かに、誰も想像だにすまい。バラニウムに耐性を持ったガストレアの存在など。こいつらが感染によって自己増殖するような事態になったら、早晩人類の生息圏は奪われ、すべての国家、すべての人類が死に絶え、ガストレアの帝国が築かれることになる。

これが『ブラックスワン・プロジェクト』。なんたる醜悪。なんたる汚穢か。こんなことを同じ人間が考えること自体、到底信じられなかった。

「でも、五翔会はそんなこととして一体なにを……」

蓮太郎はかぶりを振る。

「この『抗バラニウムガストレア』が大量にいれば、人為的にパンデミックを引き起こすことができる……」

「無理よッ。ガストレアはどういう風に育てても絶対に人間に懐かないし、言うことを聞かないわ。電極をガストレアの脳に埋め込んでコントローラーで操ろうとした実験はすでに失敗してるし、もしここにいるガストレアを一斉に解き放ったとしても、精々が思い思いの方向に散らばっていくだけだわ」

「トリヒュドラヒジン」

火垂の体がびくりと強張る。

「まだ、解決していない問題があったよな。なぜ五翔会は、巷に出回っているトリヒュドラヒジンを、動きが察知される危険を冒してまで買いあさっていたんだ？　あれは、強烈な催眠状態を誘発する薬だ。方法はわからないけど、どうにかすれば上で培養されてるガストレアを催眠状態にして、東京エリアを襲うか、東京エリアに行くように『条件付け』することができるんじゃないか？　ほら、確かあったろ？　戦争中に人間を条件付けして、的が現れたら即座に射撃するように訓練したことが」

『条件付け』とは、動物を訓練して特定の動作や行動を条件反射的に引き起こすように操作することだ。

実験用マウスを迷路の中に放り込んで、餌を与えて迷路の順路を記憶するように条件付けすると、最終的に迷路をほとんど迷わず攻略してしまう。

人間を条件付けして、射的用の的が現れたら即座に射撃するように訓練した結果、自分の意志とは無関係に引き金を引く機能を付与させ、敵の殺害率向上に大きく貢献した。

これは戦争中、指揮官たちを大いに喜ばせたが、すぐに殺したくもない人間に殺させたツケとして、重度の心的外傷後ストレス障害——つまり殺人による自責の念で精神に変調を来す人間を続出させてしまい、その補償コストが天井知らずに上がったのである。

これらの実験は、高等動物である人間ですら条件付けは可能だということを示している。いわんやガストレアならば……。

「でも……でもたとえ論理的に可能だとしても、それが実際に首尾良くいく可能性がどれくらいあると思うの？」

「だから実験してたんだろうよ」

ドーム中央を見る。上空にぶら下がったツルとマスカットに気を取られていたが、直径二〇〇メートルほどのドーム中央から巨大なパイプやコードが複雑に束ねられながら上空に伸びており、さながらそれは木の幹を連想させる。

然り、これは機械で出来た巨樹だった。このパイプ類が、上のぶどう棚を支えているのだろう。

「五翔会は定期的にここで培養したガストレアを放して実験していたんだろうよ。東京エリアに実際に潜入できるのかをな。他のガストレアと混ざってわからなくならないように目印として例のペンタグラムと羽根のマークを入れて、それを回収する回収班みたいなものも用意してたんだ。お前が水原と一緒に倒したガストレアも、きっと『抗バラニウムガストレア』の一匹だったんだよ。多分あれは、本来駿見医師の手に渡る前に速やかに回収されなきゃならなかったものなんだ。でも……駿見医師は見つけてしまった。そして水原を呼んで多分二人で色々調べて、ついに知ってはいけないことを知ってしまった。だから消された」

──水原、お前が俺に伝えたかったことってこれだったんだな。

その時、しゃくりあげるような声がして振り返ると、火垂が膝からくずおれ両手で顔を覆っていた。

彼女は激しく首を振って慟哭する。

「こんな、こんなことのために鬼八さんが……ッ。鬼八さんが隣にいてくれれば、それだけで幸せだった。それなのに──ッ！」

そうだ。彼女もまた、『ブラックスワン・プロジェクト』の被害者なのだ。

『ブラックスワン』が一度外の環境に解き放たれれば東京エリアは壊滅する。その危機に対して水原は警鐘を鳴らそうとした。告発するにはあまりにも危険が伴うものだと知りつつも。

ここで自分たちが膝を折れば、水原たちが命をかけてまで暴こうとしたものが、再び闇の中に没してしまう。そして五翔会は再びどこぞで悪魔の実験を繰り返すだろう。それだけは、断じて許さない。

ここからすべての嘆きが始まった。ならば、ここですべてを終わらせる。

蓮太郎はゆるく首を振り、顔を上げ巨樹を見る。

「火垂、俺が間違ってた。証拠を摑んで持って帰れば、自分の濡れ衣を晴らせると、そう思ってた。でもこれはもうそういう次元の問題じゃない。この研究所にいるガストレアは一匹残らず外には出さない。全部この場で死滅させる」

「でも、どうやって」

蓮太郎は、首を培養室中央に向けていた。

パイプの巨樹を中心に放射状に通路が伸びている。通路は建築現場の仮組みした足場をそのまま流用したような事務的なもので、意を決して歩くと、靴底と金属が触れ合うカチ、カチ、という音が響く。

キャットウォークほどの細さの橋の下を見ると、巨樹の『根』にあたるコード類がしゅうしゅうと白い煙を噴き上げ、乳白色の濃霧になっている。さきほどから感じる寒気は、極低温の液体窒素かなにかが気化したものだろう。落下したら大変なことになるかもしれない。

ドーム中央まで進み機器類を検めてみると、どうやらこのぶどう園の制御関連機器らしい。これを壊せば、いま培養されているガストレアは殺せるかもしれない。

これほどのものを作り上げる五翔会。一体どれほどの規模の組織で、どの程度東京エリアを浸蝕しているのだろうか。

いつ敵が飛び出しても後れは取るまいと気を張っていたことが幸いして、背後でこちらを狙う殺気をいち早く察知した。

義手を駆動。内蔵されたエキストラクターがカートリッジを掴み出し、イジェクターが回転しながら蹴り出す。

天童式戦闘術一の型三番——

「——『轆轤鹿伏鬼』ッ！」

円運動をかけながら繰り出された拳は、火垂のすぐ横手から迫り来る物体に激突。束の間、大気が破裂したような衝撃波が発生し、轟音を撒き散らしながら飛来物——ライフル弾を明後日の方向にはじき飛ばす。

蓮太郎は、ライフルの飛んできた正面に向き直る。遅れて、火垂も自分が狙われていたことに気付いて、慌てて視線をさまよわせる。

「ようこそ、里見くん。来ると思っていました」

やがて、カチ、カチ、とゆったりと歩く影が通路の向こうからやってくる。

通った鼻梁と涼やかな目元。だが詰め襟の制服を着た少年の顔には歪んだ微笑が張り付いていた。白煙を棚引かせる狙撃銃を脇に置くと、両手をポケットに突っ込んでこちらに歩いてくる。

「巳継、悠河……」

憎悪に凝った声でその名を呟く。蓮太郎の胸中には驚愕の念はない。遅かれ早かれ、奴が出現することは予期していた。

また、こいつの打倒を経ずして、五翔会に対する勝利がないことも、余さず理解していた。

悠河に視線を据えたまま、小声で隣の相棒に呟く。

「火垂、お前に頼みがある。ザックにある爆薬をこの施設の要所に仕掛けてくれ。俺はこいつを倒してから行く」

「私も――」

「頼む。俺はあいつと決着をつけなきゃいけないんだ」

さらに言い募ろうとして、彼女は悔しそうに口元を引き結んで俯く。

「………武運を、蓮太郎。死なないで、お願い」

それだけ言うと彼女は、惑いを振り切るようにザックを抱えて走り出す。

その背が扉の奥に消えるまで横目で見送ってから、正面に向き直る。

寂とした沈黙が流れ、その隙間をしゅうしゅうと冷却剤の霧が覆う。まるで霧深い深山幽谷の橋に立っているような錯覚を生んだ。

蓮太郎は低い声で問い質す。

「摑んだぞ、巳継悠河。お前等が何をしていたのか。全部ぶちまけてやる」

「それは遠慮してもらいですね」

「五翔会の目的はなんなんだ？『抗バラニウムガストレア』を第三世界のテロリストにでも売り込むのか？」

「売り込む？　なんでそんなことをしなくちゃならないんですか？　使うんですよ」

束の間、彼の言っている意味がわからず困惑する。蓮太郎の理性の部分が、理解を拒んだのだ。

「使う……だと？」

「その通りです」

悠河は両手を広げて告げる。

「我々五翔会の目的——それは、五翔会が世界の覇権を握ることです」

悠河は揚々とした足運びで、蓮太郎を中心に円を描くように歩きながら講釈をし始める。

「大戦前はどうだか知りませんが、現在の日本の五エリアはバラニウムの豊富な産出国として、そして科学技術立国として世界でも有数の裕福な国です。我々が、自助の力をなくし穴熊を決め込んでいる世界各国に成り代わって秩序を維持し、全世界のガストレアを駆逐してあげようと言っているわけです。そのためにはまず、世界の足並みを揃えるために我々の管理下に入ってもらいます」

「…………」

「悲劇的なことに、世界は人種や宗教、イデオロギーによって分かたれていて、僕たちが号令をかけても従わない国がたくさんありますよね？　世界の足並みを揃えるために、一度聞き分けのない国には更地になってもらいます。そのための『抗バラニウムガストレア』です」

「更地……だと？　それは世界征服とどう違うってんだよ」

「まったく違いますよ。我々はガストレアのいない世界を作るため、世界を善導しようとしているんです。その過程で、世界の警察を気取っていたどこぞの大国に成り代わり、その他の有象無象の国を屈服させる必要があるだけです。万物の霊長であるはずのヒトという社会性動物は、残念ながら支配階級のいない統治形態を作れないですからね。頭は良いはずなのに、権力に盲従しようとする姿勢はアリと一緒ですよ。だから誰が女王アリかを一度教育する必要がある。五翔会とはね、日本の五エリアや国外から、亡国を憂いた人間たちが同じ思想の旗の下に集った超党派、超国家組織なんですよ」

「本気で言っているのか？」

「少なくとも、僕より上の人間たちはみんなそう思っていますよ。だから僕たちは『新人類』ではなく『新世界』を作り上げるための尖兵なんです」

蓮太郎は電光石火の速度で拳銃をドロウして、悠河の足下に発砲。彼の靴元を弾丸が抉る。

怒りの温度と同化した銃口は、腕の先で熱く脈打っていた。

「ふざけるな……。そんなことのために、そんなことのために水原は死んだのか？　そんな世迷い言のために火垂を泣かせたのか？」

悠河は処置無しという風に首をすくめる動作をする。

「ゴタクはもう沢山だ。お前とは相容れない……ッ。そのことが、いまハッキリとわかった！」

蓮太郎の左目の義眼と悠河の両眼の義眼が同時に解放。演算開始。

「今日は素晴らしい日になる。さあ始めましょう。『新人類創造計画』と『新世界創造計画』、どちらがヒトの正統なる進化の形なのかを！」

蓮太郎と悠河、その最終決戦の火ぶたが切って落とされる。

その時、ひときわ濃い霧が噴き出し、二人の姿を覆い隠す。

義眼の予測演算が途切れる。だが条件は敵も同じはず。

蓮太郎は地を蹴る。神速の踏み込みで一〇メートルの距離を一瞬で詰める。

天童式戦闘術一の型五番『虎搏天成』を突き込む。

カートリッジ不使用にもかかわらず、音速に届かんとする蓮太郎の腕が白煙の帳を吹き払う。

だが驚愕に眼を見開いたのは、蓮太郎だった。求めた敵の姿がない。

刹那、側頭部に激痛が走って視界が一瞬ブラックアウト。

「ぐッ！」

見れば、いつの間にか側面に回り込んだ悠河が、蹴り足を引くところだった。

悠河の右手には短剣ほどの大振りなナイフが握られており、追撃になぎ払う軌跡はほとんど稲光に近い残像を残す。

義眼の予測演算子が擦り切れるほどに駆動し、かろうじて技の軌道を見つけて首の動きで回避。肘を巻き取って腕を絞り上げると膝蹴りで顎を狙う。だがすんでのところでブロック。

至近距離に悠河の憎悪に歪んだ顔。不意に悠河の顔が沈み込んだと思ったら脳内に星が散る。

ヘッドバットをまともに食らったと思った時には、鼻血を噴いて数歩たたらを踏む。

視界が揺れる。鼻血がポタポタと金属の床に毒々しい華を咲かせる。

正面を見たときには再び濃霧で悠河の姿は掻き消えていた。

咄嗟にパニックに陥りかけ、蓮太郎はすんでのところで抑え込む。

——眼で捉えようと思ったら駄目だ。

人をして銃。銃をして人。対ティナ戦のトレーニングで積み冴え渡った『人銃一体の境地』は、もはや自身の銃のみならず、敵の銃のトリガーバーがフレームにこすれ、シアを介して撃鉄が倒れるその音すら捉えていた。

瞬間、サイドステップで右に跳ぶのと同時に、濃霧の向こうで銃口炎が噴き上がり、耳を聾する火薬の絶叫が聞こえる。

「なに!?」

まさかの両者義眼使用不能状態での銃撃の回避。

驚愕する悠河に、蓮太郎はその機を逃さず接近。悠河が再び銃口を蓮太郎に向けようとしたときには、拳の速度が勝負を決める間合いに入っていた。

両手をフリーに。両足で地面を踏み鳴らす。

「天童式戦闘術一の型十五番――」

ジャガ、と破滅的な音を立てながらカートリッジが一発排出。超バラニウムの拳が規格外の推進エネルギーを帯びて下段から強襲。工事用クレーンの鉄球を振り下ろしたが如き拳が、音速を超え、白煙を吹き飛ばす。

悠河が慌てて両手を交差させ防御。だが無駄だ。

「『雲嶺毘湖鯉鮒』ッ！　――ブッ飛べ！」

下段からすくい上げるように打ち上げたアッパーが防御した悠河の左腕ごとへし折り、悠河の体を一〇メートル近く吹き飛ばす。

まだだ。蓮太郎は脚部のカートリッジ推進力を後部スラスターに回し一発動作させ、追撃をかける。

上空で半弧を描く悠河の位置まで上昇し、さらに脚部カートリッジを一発激発させて音を立てて空中に金色の空薬莢の軌跡が踊る。

天童式戦闘術二の型十六番『隠禅・黒天風』

「ラアアアアッ！」

空中で放つ回し蹴りは、上空に打ち上げられていた悠河の腹にめり込みヒットして今度は一転、下方に吹き飛ばし、金属の床に激しく打ち付けられたる快音。それでもなお威力は相殺されず何度もバウンドし、転がりながら落下防止用の鉄柵にぶち当たり、柵をへこませる。

——どうだ！

普通の人間なら初撃のアッパーで全身が粉砕骨折してもおかしくはない。いくら奴が機械化兵士といえども……。

「なッ！」

蓮太郎は再び驚愕に目を剝くことになった。

もぞりと体が動いたと思ったら、悠河は歪んだ柵に摑まって立ち上がる。もはや言葉もなく、乱れた髪に片目が隠れ、もう片方の回転し続ける黒目でこちらを睨む。

「殺す」

「……これで、ホテルでの借りは返したぞ」

「僕は天童式戦闘術に二度も敗れるわけにはいかないんだ！」

——二度？

悠河が雄叫びと共に腰から二本のサバイバルナイフを抜いて二刀で構えると、天に向かって咆哮。

直感が悠河を近づけるなと叫ぶ。ホルスターから抜きざま悠河に照準、連続で引き金を引く。

強烈な九ミリの反動。

しまったと思った時には、悠河はゆらゆらと体を揺らしながら回避していた。

相手も義眼能力者。『視界の捕捉し得る範囲』では奴の義眼の予測演算によって銃弾の軌道は読まれてしまう。

体を低くした猛烈な速度で疾駆してくる悠河の速度の凄まじさは、背後に逆巻く白煙をみれば明らかだった。

ベレッタを再照準するが、そこで悠河がナイフを一本投擲。ベレッタに突き刺さり銃口の目測が狂い、誤って引かれるトリガー。刹那、狂い咲いた銃口炎。残り一本のナイフを腰だめにして致命的な速度で鈍い刃の輝きが迫り来る。

回避が間に合わないとみるや腰を落とし、超バラニウムの右義手で凶刃を受け止めにかかる。

インパクトの瞬間、衝撃で全身が軋みを上げ、靴底が激しく床を引きずる。摩擦熱で靴底が焦げるにおい。

ギチギチ、と刃が耳障りに軋り、気付けば蓮太郎の鼻先数センチの距離で押さえ込んだ刀身が踊っていた。

紙一重で敵の突進の勢いを止める。

悠河の憎悪に歪んだ顔も、息が掛かるほどの距離にあった。

だがまだ蓮太郎は、この時点で巳継悠河の脅威というものを見誤っていた。

悠河がナイフを持つ手は右手だけ。

左手には蓮太郎に向かって差し出すかのように小さな球状の物体が握られていた。

蓮太郎は心臓が氷の手で握られたような悪寒に呻く。

球状物体に見覚えがあった。


——HG86ミニ手榴弾。

すでに点火ピンも点火レバーも取り去られている。密着状態での使用は当然両者共にキルゾーンに入っている。

——自爆ッ⁉


全身を悪寒が貫いた時には、咄嗟に体が反応していた。自由になる肘で手榴弾をはじき飛ばす。

手榴弾は吹き飛んで橋げたから落下し、次の瞬間強烈な衝撃波を発生させながら爆裂。

フリーになった悠河の左手は、肘を上げたせいでガラ空きになった蓮太郎の腹部にピタリと当てられる。

遅まきながら悠河の意図に気付く。

マズイ、こいつの掌打は――

吊り上げられた悠河の口元を見て、背筋に寒気が走る。

「『ヴァイロ・オーケストレーション』！　砕け散れ！」

次の瞬間、想像を絶するような激痛が全身を駆け抜けた。

「があああああッ！」

視界がぶれ、全身がバラバラに分解しそうなほどの激痛。

無我夢中で足を使って蹴り放し、距離を取る。

視界が傾ぎ、痛みの余り膝を突く。傷を見る。はらわたがグズグズになって、見たこともないような出血ダメージを受けている。

気持ち悪い塊がこみ上げてきたと思った時には剝がれた肺腑と共に血泡を吐き出していた。

真っ黒い血が毒々しく床を染める。

視界が歪む。体が痛みに絶叫し、もう動くなと連呼している。

絶望に歯を食いしばりながら、顔を上げて悠河を見る。

彼もまた、どうして立っていられるのかわからないほどの深手を負っていた。当然だ。カートリッジ二発分のダメージを受けているのだ。命がある時点で奇跡以外の何物でも無い。

「俺たちは十年前のガストレア大戦で、世界を守るために作り出された！　その俺たちが殺し合う矛盾を考えてみろッ！」

悠河は水平に腕を振る。

「僕はグリューネワルト教授を信じるッ。それが僕の生きる道だッ！」

「俺は、この機械の体になじめない上に、成長する度に義肢を交換して激痛の連続だった」

「僕もです」

「死にたいと思うこともあった」

「僕もです」

「いまからでも間に合う！　殺したくない」

「理解不能だ！　なぜ支配する側に立とうとしないんだッ。僕たちは選ばれた存在だ！　我々に問題があるとすれば、エントロピーを超越することができない——つまり『故障しない機械を作れない』ということだけじゃないかッ！　君だって室戸菫が産み出した最強のキリング・マシーンのはずだッ。僕らの手が産み出すのは破壊と混沌。同じ穴の狢だ！　君もッ！　僕もッ！」

「黙れッ！　俺はお前とは違う！　先生からもらったこの義手は、誰かと繋ぐためにあるんだッ」

「詭弁だ！」

「貴ッ様ぁ……ッ」

蓮太郎は叫びながら、全身から血液を滴らせ立ち上がる。一呼吸ごとに肺に激痛が走る。

しゅうしゅうと、周囲の装置が白煙を吐き出し続ける音。だが蓮太郎の耳には、もう自分の心音以外聞こえていなかった。

悠河が腰を落とし、構える。右手と左手を交差させる独特の構え。

蓮太郎も構える。天童式戦闘術『水天一碧の構え』。防御などなく、退路など求めない。

両者の義眼が今生最大最後の超絶演算を演じ、視界の奥がスパークしている。

息詰まる睨み合い。究極的とまで言えるコンセントレーション。解き放たれれば最後、どちらかの命を狩り取る必滅の拳が互いを狙い澄ます。

不意に静謐を破ったのは、扉の向こうからかけられた少女の声だった。火垂だ。

「蓮太郎！」

それが合図となった。両者コンマ一秒の狂いもなく床を蹴り、蓮太郎はカートリッジを三発同時に激発し加速。ジェットエンジンをも凌ぐ超音速で悠河に迫り来る。

さらに義手カートリッジが燃焼。鼻孔を強烈な火薬臭が焼く。

蓮太郎が拳を繰り出す。悠河の拳もすでに眼前に迫っていた。

天童式戦闘術一の型八番『焔火扇』

カートリッジ型と超振動デバイス型の二本の超絶テクノロジーの塊が激突し、爆裂衝撃波が周囲の白煙すべてを吹き飛ばし、足場が崩れ、メインコンピュータが火花を噴く。

「ハアアアアアアアアアッ」

「く……らあああああああああっ！」

両者の拳と掌打がぶつかり合い、拮抗している。相手の超振動デバイスはどうして動作しているのかすらわからないほどのボロクズになっているが、こちらの義手も超振動に当てられ、超バラニウムの拳にひびが入っている。

獣の雄叫びを上げながら残りカートリッジをすべて同時に炸裂させる。

「アンリミテエエエッッド――――バアアアストオオオォッッ！」

粒子加速器の実験でも起こりえないような極大エネルギー同士のぶつかりあいの末訪れたのは、聞いたこともない澄んだ破砕音だった。

ふいに首根っこを引っ張られたような後ろ向きの力が掛かったと思ったら蓮太郎は、磁石の同極をぶつけたような反発力と共に背後に吹き飛ばされ地面を何度もバウンドし、背中から中央の巨樹に激突。激痛に食いしばった歯が欠け――だが蓮太郎はそのまま跳ね起きる。

だが、探し求めた敵の姿がない。

ベレッタ拳銃を拾い上げ、刺さったナイフを抜いて回収。

橋げたの下を覗きこんで、追撃がなかった理由を納得する。

気化した極低温の液体窒素の煙る視界の中、かすかに見えるパイプとコードの『根』の部分に悠河は運悪く落ち込んでいた。

橋の底はよほど低温なのか、滴り落ちる彼の血液は凍結し、衣服が氷結してパイプに張り付いていらしく、動けないでいる。

蓮太郎は無言でベレッタを彼に照準。悠河は憎悪に凝った瞳でこちらを睨む。一切の同情を拒絶するその瞳を見て、蓮太郎は言葉による説得を諦めた。

照準を横にずらし、彼の脇にあるタンクを撃ち抜く。

途端に中から、すべてを凍結させるマイナス一九六度の液体が流れだし、濛々たる気化煙と共に彼に襲いかかった。

「があああああッ！」

蓮太郎は目を伏せる。

せめてもの慰めは、一瞬にして発生した膨大な気化煙で決定的瞬間を見なかったことだろう。

パキパキという氷結音がして、それきり音が絶える。

強い冷気と共に強い風が髪を揺らす。再び世界は隠り世の煙に包まれた。

「蓮太郎……」

物問いたげな火垂に二の句を継がせずにその横を通り抜ける。

「終わった。行こうぜ」

地下二階の研究所から階段を使って一階に上がった途端、射るような光に咄嗟に手を上げて眼を防御する。

いままでずっと地下を移動していたのでわからなかったが、地上は昼過ぎらしい。

施設の裏口から出ると周囲は小高い丘になっており、すり鉢状に抉れた盆地に研究所は立地していた。

「どうやらあれが、この施設へのガストレア侵入を拒絶していたみたいね」

手で庇を作りながら見ると、そこには漆黒の石盤が隙間もほとんど無くズラリと並べられている。

「そうか、陣地敷設用の携帯モノリス……」

横幅二メートル、縦幅三・二三六メートルの『可愛らしい』と言えるほどのミニモノリス。

効果のほども大きさなりで、明確にガストレアに効果があるのはステージⅠ程度。ステージⅡにはクマ除けの鈴、それ以降のガストレアではほとんどお守り程度にしか効果を発揮しない。

本来、『未踏査領域』のバラニウム鉱山での採掘作業中にこれとセットで民警の用心棒を雇って事に当たるために作り出されたものだ。

ソードテールやハミングバードたちはこの研究所を守護する用心棒としての役目も負っていたのだろうか。

「火垂、爆薬は？」

「建物の主要な柱部分にセットしておいたから同時起爆できるわ。ついでに施設内の写真も撮影しておいたから証拠は充分よ」

「よし、じゃあ離れたところで起爆して建物が崩壊するか見届けよう」

「待って、いま建物をバラバラにしちゃったら地下鉄に乗って帰れないわ」

蓮太郎はゆっくりと首を振る。

「悠河は研究所で待ち伏せて俺たちを殺す手はずだったはずだ。でも俺たちがそれを返り討ちにした。『新世界』の連中は心音がモニターされているらしいから、あいつが死んだのはもう敵の知るところだ。帰りの線路に爆薬がセットされてない保証はどこにもない。面倒だけど、徒歩で帰るしかねぇだろ。それこそ、証拠を提出して五翔会を糾弾するまで一瞬たりとも気は抜けねぇぞ」

火垂は不安そうに遙か遠くにそびえ立つ本物の巨大石版を見上げる。

「無事たどり着けるかしら?」

「モノリス磁場が届くのは外側に向かって五キロ。ここはモノリスから概算で一六キロ離れてるから一一キロも歩けば安全圏内だ。この辺のガストレアなら遭遇してもステージⅠかⅡ。強さも問題になるほどじゃねぇはずだ。夜にはなるけど、なんとかなるだろ」

自分の伝法な口調でどこまで意図が伝わったかしれないが、火垂は悩み抜いた末に楽観することに決めたらしく、こちらを見上げる。

「わかった。まずはあのガストレアたちを生き埋めにしましょう」

蓮太郎も短く首肯する。

からりと暑い太陽光を吸い込んで佇立するミニモノリスの列を超えて、すり鉢状に抉れた地形をのぼっていく。眼下に研究所を見下ろせる位置まで来ると、火垂が信管を起爆させるための無線装置のスイッチを取り出し、誤操作防止のプラスチックカバーを取る。

蓮太郎は次の瞬間の光景を予測して体を硬くして研究所を見遣る。

「蓮太郎」

場違いとも言えるたおやかな声が耳を撫でる。ふと横手を見ると、火垂の横顔はわずかに紅潮していて、猫口で人懐こい笑みをこちらに向けていた。

「ありがとう」

「何に対してだ？」

「いままでのこと全部に対して」

突然言われ慣れていない礼を言われて、困惑に視線を逸らしながら頭を掻く。

「まだ礼を言うのは早ぇだろ。これで爆破が不発だったら大笑いだぞ」

火垂は嬉しそうに目を伏せると、わずかにかぶりを振る。

「蓮太郎、私ね、私……こんなこと言われて困るかもしれないけど、私——」

——あるいはそれは、イニシエーター特有の第六感の警鐘だったのかもしれない。

研究所側を見て目を剝いた火垂は突如、こちらに向かって突進してくる。

事態の流れを見失った蓮太郎は、吹き飛ばされ受け身も取れず石に頭部をぶつけ脳内に星が散る。

「ッテ！　なにすんだ――」

そこまで叫んで。続く言葉を失った。

「良かった、蓮太郎が無事で」

火垂は薄い笑みを浮かべて立ち尽くしていた。ゆらゆらと、おぼつかない足を懸命に踏ん張っている。口の端から血液が一筋垂れた。

視線を下ろしていくと、彼女の腹部、タンクトップのピンク色がジワジワと真っ赤に染まっていく。

そしておそらく、そこで狙撃弾の二射目が放たれたのだろう。

火垂の胸部真ん中が弾け、蓮太郎の顔にバシャリと温血が飛散する。

すぐに均衡は崩れた。火垂はうなだれたまま膝を突くと、蓮太郎の上に倒れ込んできた。

愕然と目を見開いたまま、蓮太郎は軽くなった栗髪の少女を受け止めた。

「火垂？」

3

たったいま目標を射殺した直後だというのに、勝利の感慨（かんがい）もなく、悠河（ゆうが）の手は把手（ボルトハンドル）を操作し、空薬莢（からやっきょう）を排出し、次弾を薬室（チャンバー）に送る。その操作は呼吸と同じく意識して行わなくとも出来るものだ。

「……チェックメイト」

そう低く押し殺した声は、余人がいれば心胆寒（しんたんさむ）からしめるほど温度が失せ、黄泉（よみ）から吹き込む風の唸（うな）りのように聞こえただろう。

然（しか）り、すでに自分は亡者（もうじゃ）も同然だ。

窓から一瞬（いっしゅん）視線を離し、自分の足に向ける。悠河の足は、両足とも腿（もも）から先が失せていた。

出血がわずかな理由は二つ。一つは悠河の足はカーボンナノチューブや強化人工筋肉などによって半分ほどサイバネティクスの恩恵に与（あずか）った半機械の足であり、数ある機能の中に任意による血管の緊縛（きんばく）と血流の遮断（しゃだん）も含まれる。もう一つは単純に、悠河が足を自切（じせつ）した時、腿から先が冷却されて凍結しかけていたのだ。

液体窒素（えきたいちっそ）を浴び、神経に流し込まれたあまりの熱さに狂死する一歩手前のところで、悠河は痛覚神経をカットして自切までのプロセスをほとんど自動で行っていた。自分でもあっぱれな戦闘機械ぶりだと思う。

難を逃れた悠河は這（は）ってその場を離脱しタラップを一段一段上ると、狙撃（そげき）ライフルを回収して一階の窓まで移動したのだ。

そこまでして体を駆動させていたのは、妄念によるものにほかならない。

もう紅露火垂のことなど意中から失せていた。固体化せんばかりに凝った憎悪と執着。何が何でも敵を屠るという意志力。殺意の発露。

銃撃音が自分を言祝ぐ喝采だった。銃撃反動がゆりかごを押す手だった。硝煙臭が美食の甘い香だった。

半死半生のまま、研究所の窓ガラスを消音器で突き破り、そこに銃身をレストしながら丘の上の敵を狙撃ライフルで狙い撃つ——そこまでを一動作でこなした。

弾は、敵の体内に留まるように調整した濃縮バラニウム弾を使用。

結果的に狙いを外し、蓮太郎は丘の裏側に火垂の体を引きずって隠れたが、彼女が持っていた爆薬の起爆スイッチは丘の斜面を転がり落ちた。

取りに戻るには、再びこちらの射界に姿をさらさなければならない。

だが、自分も状況を楽観視できる状況ではない。

いずれ凍結が溶け、脚部毛細管から滲んだ血が血管の纏縛を無意味にするくらい流れだし、出血多量で死ぬかもしれない。

否、そんなことはありえない。正しく、いまの悠河はスナイパーだ。たとえ体中のすべての血液が流れ出しても、蓮太郎が射界に姿をさらした瞬間十全にトリガーを引ききり、そして相手の絶命を見届けてこちらも事切れるだろう。

——標的を完殺し切るまで、狙撃兵（そげきへい）は眠らない。

両眼の義眼（ぎがん）が高速で回転し超演算を開始する。

「まだだッ！　まだ終わっちゃいない。来い！　里見蓮太郎（さとみれんたろう）……ッ」

腕の中の小さな体温は低下していき、破れた肺に血液が侵入して壊（こわ）れたフイゴみたいな音を立てる末期（まつご）の呼吸を繰り返す。いままでの火垂（ほたる）の再生と擬死（カタレプシー）の兆候とは明らかに別種のものだった。

なぜという疑問と同時に、どこかで納得する気持ちもあった。

予兆はあったのだ。思えば研究所のぶどう園内にて、なぜ悠河（ゆうが）は初弾で火垂を狙ったのか。

彼女に『再生強化』の能力があるのは、ソードテールが今際（いまわ）の際（きわ）に報告しているだろう。

それを知りつつなぜ無意味な射撃をするのか。

もっとも確率として高いのは、悠河が対火垂用に対策を打った可能性。それがあの銃弾。

悠河があれほど蓮太郎との勝負に拘泥（こうでい）しておきながら初弾で彼女を狙った理由が『邪魔者（じゃまもの）の早期排除』だった場合のみ、すべてのつじつまが合う。

　つまり、火垂はもう二度と――

　蓮太郎は目を閉じて、大きく息を吸った。自分がやらなければならないことを、理解する。

「蓮太郎、私は……？」

　火垂は眠たげに目を開ける。唇が紫色になって震えていることを除けば、まるで夢から覚めたようだった。

　その手を握り、瞳を正面から見据える。

「大した傷じゃない。すぐ復活できる」

　火垂は安心したように嘆息する。すでに痛みは超えたのかもしれない。その表情は穏やかだった。

　火垂は震える手を上げる。その指先を視線で追うと、そこには投げ出されたスコープ付きのM24狙撃銃があった。

　彼女が言わんとしていることを悟る。

「無理だ……出来ない」

　後じさる蓮太郎に、火垂は微笑む。

「お願い。あなたがやって。あなたがやらないと、ガストレアたちが……一斉に、東京エリアに。そうなったら……」

　――火垂、お前は、俺にどれだけ狙撃の素養がないか知らないんだ。俺なんかホントに……

一〇〇メートル先の東京タワーの敵も二度連続で外した奴なんだぞ。

それに比べて敵は、一二〇〇メートル先から新幹線に乗ってる乗客に狙撃弾を命中させている。常識的に考えれば、千回立ち会いを繰り返しても勝敗の帰趨は決まっている。

だが、少女の一途な瞳にはなお、こちらを信頼する光があった。

蓮太郎は目を閉じ、そして開けた。

「わかった」

蓮太郎は狙撃銃を拾い直すと、把手を操作して安全装置を解除する。

「必ずあいつを倒して研究所は爆破する。何も心配はいらない」

「でも……」

蓮太郎はゆっくり言葉を切って言った。

「俺は『東京エリアの救世主』だぞ。信用できないか？」

火垂の表情が優しいものに変わった。ゆっくりかぶりを振る。

「私、次に目が覚めたら……もっと蓮太郎に、素直になれる気がするの」

「ああ」

「そしたら……いまより少し勇気が出るから、あなたにどうしても伝えたいことがあるの」

「うん」

火垂の目尻に溜まった涙が、一筋流れ落ちる。

「やっとパートナーを守れた。もうこれで夢にうなされることもない。私、もう死ぬのが怖くないわ。苦しくもない」

蓮太郎は俯き、言葉もなくかぶりを振った。

「ありがとう蓮太郎。私の孤独を埋めてくれて。私に生きる意味を教えてくれて」

火垂が抜けるような青空を目で仰ぎ、目を細める。

差しのばした手が、やがて力なく落ちる。

もう二度と動き出すことはなかった。

「ありがとう火垂。俺を信じてくれて。俺と一緒に戦ってくれて」

涙は出なかった。なぜなら己がなすことを弁えていたから。

涙で視界が曇る暇もあらば、蓮太郎は敵を討たなければならない。なぜならば自分は、他人の夢と希望を束ねて背負う人間なのだから。

スコープのフリップアップカバーを開けながら、過日のティナの言葉が脳裏に去来していた。

『魂が死なないと人間は殺せません』

違う。違うぞティナ。それは外道の技だ。

正義への道は険しく、外道に落ちることは果てしなく甘美かつ容易だ。だが、それではあいつに勝てない。

立ち上がると、丘の上——すなわち敵の射界に姿をさらす。

右手を先台に当てて銃を安定させ、グラスファイバーストックを左肩に肩付けする。スコープを覗き込む。

『お兄さんはお兄さんだけの、相手の命を摘み取るに足る理由を見つけてください』

守りたい。ティナを、木更を、延珠を。自分の手で救える限りの人間を。

そのためなら俺は――

心は凪いで、明鏡止水の境地に至っていた。

息をして、ゆっくり吐く。


――義眼、解放。


閉じていた左眼が機能して視野が広がる。ピリリと口の中に極彩色の味が広がる。ナノコアプロセッサが超演算を開始し、黒目内部の幾何学的な模様が回転する。

「さあ、今度こそ決着をつけるぞ。巳継悠河」


蓮太郎が射界に姿を現したとき、当然悠河の電子網膜にも像を結んでいた。

だというのに悠河は、それを最初なにかの間違いではないかと思った。

「左眼での立射……だと？」

立射は膝射ち（ニーリング）や伏せ撃ち（プローン）と違って銃の保持が極端に難しく、それはイコール遠射の難易度を限りなく上昇させているということだ。

手ぶれで狙いに一ミリでもズレが生じれば、二〇〇メートル先では取り返しがつかないほど目標を逸れて着弾する。

さらに彼は狙撃（そげき）に義眼を用いるため、利き（き）腕とは反対の左手をトリガーに添え左眼でスコープを覗き込んでいる。

自殺行為にしか見えない——あくまで常識に照（て）らせば。

カッと心の中で闘志（とうし）の炎が燃え上がる。

蓮太郎が自分と同じステージに上がってきたのだという認識で、胸が熱くなった。

——いいだろう。

やることに変わりはない。一撃の下に撃（う）ち倒すのみ。

義眼が猛烈（もうれつ）な熱を発し回転速度がさらに上がる。悠河をして、初めての限界突破を体験していた。

ゆっくりと流れる時間。両眼の奥を焼く熱。すべての弾道計算と地形計算を終え、DSR狙撃銃のトリガーをそっと絞る。

相手もコンマ秒の差も無く同時に銃撃（じゅうげき）。

炸裂音。反動が肩を蹴る。

ガラスの割れる甲高い大音響。同時にスコープ越しの人型の標的が膝を崩し、丘の向こうに姿を消す。

悠河はスコープから視線を外さない。だが、蓮太郎の弾が目測を誤って隣の窓ガラスを撃ったことは理解していた。

把手を操作して次弾を装填。

当たった。だがまだだ、直前に身をひねった。致命傷ではない。


「ぐ……うあああああッ!」

ドスンと土埃を上げて狙撃銃を取り落とす。膝を突く。

狙撃弾は『ヴァイロ・オーケストレーション』の傷を二度撃ちする形で、蓮太郎の脇腹を抉っていった。

両手で押さえた傷口の隙間から血液がにじみだしぼたぼたと地面に落ち、顔面から滴った脂汗が乾いた地面に染みを広げる。

気が狂いそうな激痛の中、顎を引き、思い切り額を地面に打ち付ける。何度も何度も打ち付ける。額が割れ、血が噴き出す。

噛みしめた奥歯の隙間から獣のような荒い吐息が漏れ、垂れたよだれが地面に滴る。

もう寝ていろ。次顔を上げたら今度こそ消されるぞ。

黙れ俺はやらなきゃいけないんだ。火垂のために。水原のために。いままで消された人間すべてのために。

悠河の義眼のヒートアップを第六感で感じた蓮太郎も、義眼の回転速度が際限なく加速していく感覚を味わっている。

さながらそれは、生物が互いに影響し合って進化する『共進化』現象だった。

百倍、二百倍、三百倍——まだ上がる。眼が燃えそうだ。

頭を起こし、ゆっくり振る。世界がブレる。コマ落としに見えていく。

時間の流れがさらに加速し、空気の粘度が増し、太陽の輝きがどんどんと暗くなっていく。

まるで生きながらに海底に引きずり込まれているようだった。

音が重低音の低い音階になって意味をなさない。

敵の射界に姿をさらさないように這いつくばりながら、必死で取り落とした狙撃銃を拾い直す。把手を操作。排莢、次弾を込める。

膝立ちのまま、丘の上に銃身を安定させて狙撃スコープを覗き込む。

狙いをつける。今度も敵の方が早い。

転瞬、勘任せに体をひねって転がる。

蓮太郎のいた場所を狙撃弾が抉り、跳ね飛んだ土塊が顔面をしたたか打ち据える。

再度構える。土と泥にまみれた顔で、歯を食いしばり、スコープを覗く。

今度は絶対に引かない。怯えない。

思考速度が一千五百倍を突破。まだ速くなる。思考の速度に比例して、もどかしいくらいに体がついてこない。

一千九百倍を突破。目玉が沸騰しそうな熱で叫び出しそうだった。義眼が擦り切れ、スパークが走る。


——そして、蓮太郎の視界がホワイトアウトし、音と光、すべての重圧が消え失せていた。


一瞬、自分は気付かぬうちに被弾して死んだのかと思う。

だが違う。たしかに意識はある。アドレナリンの影響で一時的に麻痺しているが、腹部の銃創は確かに残っている。

左手を顔の前に持ってきて、手の平を何度か開閉する。

周囲を見渡す。真っ白でまぶしさすら感じる。

司馬重工本社地下のバトルシミュレーターも、こんな真っ白い浮き世離れした空間だったはずだ。だが、当然ながら自分はバトルシミュレーターに入っているわけではない。

そうか、ここは――

――『二千分の一秒の向こう側（ターミナル・ホライズン）』

『君の眼にはリミッター回路が搭載（とうさい）されていて、ある一定以上の思考の回転数まで行かないようになっている』

脳裏にシニカルな菫（すみれ）の声が木霊（こだま）する。

『見えすぎるんだ。いまは敵の未来位置の予測演算や距離計とか、時間の流れが遅く感じられる程度だろうが、実はまだ先がある。臨床実験の段階では君と同じ眼をリミッター回路抜きで移植した患者も数人いたが、みんな帰ってこなかった』

『現実世界での一秒が二千秒に感じられるほど周囲の時間がゆっくりになって見える、これは一つの壁だ。この限界線を超えた患者は全員脳が破壊されて帰ってこなくなった』

してみると、これが限界突破した者が見る、事象の地平らしい。あるいはこれは、神の眼なのかもしれない。

だが、そんな些事（さじ）はどうでも良かった。

敵の姿を探し求める。

すると、蓮太郎のいる一〇メートル手前に人型の光が出現し、悠河の姿が露（あら）わになった。

さきほどまではすり鉢状に抉れた丘の上から狙撃していたので下方に銃口を向けていたはずだが、いまの彼は正面の空間を見ている。物理的距離も二〇〇メートル以上あったはずだが、いまは表情が確認できるほど近い。

彼は必死の形相でこちらを睨んでいるが、どこかその焦点は自分とずれているような気がした。

だが、そんなことはどうでも良かった。

M24狙撃銃を肩付けして構える。悠河も一拍遅れて構える。

引き金を絞る。

——勝った。

そう確信したその時、悠河の耳に聞いたこともない激突音がして空中に火花が散る。

余人には理解すらおぼつかない刹那の現象だったが、義眼を通じて脳の思考回数をオーバークロックしていた悠河にはそれが見えていた。

「馬鹿な……」

空気を逆巻く超音速弾がソニックブームを発生させながら二発、寸分の狂いもなく正面衝突し、互いの弾道をずらして必殺必中の一撃を逸らせしめた。

「弾丸に弾丸を、ぶつけた……のか？」

意図して起こせるものではない。悠河の狙撃哲学にかけて断じて、意図して起こせるものではあってはならない。

驚愕に眼を見開いたまま、だが手だけは別の生き物のように動いていた。

排莢と装塡。照準をつけ、義眼の能力で弾道力学的に補正して射撃。

再びの快音。相手が打ち倒されることもなくこちらが倒れることもない。射撃音の残響だけが残る。

ブルリと全身が震える。

偶然では——ない。

彼は意図して弾丸に弾丸をぶつけるという神業を起こしているのだ。

こんな馬鹿なことがあってたまるか。自分は、両眼の義眼使いだぞ。教授は言ったんだ。自分こそが世界最強の義眼使いだと。

「……ふざけるな。ふざけるなあああッ！」

激昂する悠河に対して、蓮太郎は無我の境地にあった。

互いの能力が必殺必中なら、狙撃の基本則である『撃ったら走る』は使えない。使う必要も無い。

蓮太郎はトリガーを引く瞬間、息を止めてもいない。銃で下方を狙う『撃ち下ろし』の場合、零点規正の距離が伸びるという誤差も含めず撃っている。でも当たる。

義眼が脳と直結し、運動野を含む筋組織すべてを制御下に置き、蓮太郎の体は一個の『狙撃システム』と化していた。

悠河が三度こちらに照準を据える。まだ敵は引き金すら引いていないのに弾道が見える。

先んじて放たれた弾道予測を首の動きだけで回避したところで、悠河が遅れて引き金を引く。

激しい銃口炎。螺旋溝を通って、超音速弾が飛来。ハチの唸りを立てて耳元を擦過。

蓮太郎の頬がソニックブームで切れ、血液が飛散。

把手をターンし後退させ、排莢。はじき出された空薬莢が空中を舞っている間に逆手順でラプアマグナム弾を装塡。

スコープ越しの悠河は、小さく口を開けて目を見開いていた。その口元が「ば」「か」「な」とゆっくり動く。

――終わりだ、巳継悠河。

引き金を引く。シアとボルトを介して薬莢の底部を撃針が打撃。銃声と炸裂音。射撃反動が肩を蹴る。

迫り来る抹殺の弾丸に悠河は反応を示さず、最後まで理解を拒むような表情をしてこちらを見ていた。

4

ざくざくと靴の裏で粗い砂礫を踏みながら、白亜の建造物の裏手から回る。施設内は無音だった。

戸口から入ってコの字型になった廊下側を折れ直進。

しばらく歩いてから、蓮太郎は立ち止まった。

「よお」

「やあ」

悠河が大の字になって床に寝転んでいた。DSR狙撃銃は、持ち主を見放すように床を滑って明後日の方に転がっていた。

「戦いは、どうなったんですか？　僕は、一体……どうして……？」

悠河は自由になる首をゆるゆると上げて自分の胸部の惨状を見ると「嗚呼……」と、諦念と感嘆が相半ばするため息を漏らす。

蓮太郎はなんと言ったものかわからなくなっていた。

彼は火垂を殺した。憎んでも憎みきれない、呪詛を吐いて当然の敵だ。

だが同時に、彼はどうしようもなく自分だった。

成長と同時に厳しい痛みを伴う義手を動かすためのリハビリを行い、疎外感に耐え続けた同タイプの義眼使い。

「こんな流れで出会っていなければ、友達になれたかもしれねぇな」

悠河は心地よさそうに目をつむる。

「意味の無い『白』ですね……まあ、嫌いじゃありませんが」

「お前は、あの白い空間を見たか？」

「白い空間？　……いえ。なんですか、それ」

「……いや、なんでもない」

蓮太郎の言わんとするところを何となく察したのか、悠河は続ける。

「僕の両眼の義眼は最後、一千八百倍まで行きました。義眼は怒りや悲しみ、呪詛や憎悪、希望や喜び、あらゆる感情を糧に能力の増減が起こるって聞きましたから、僕の劣等意識や憎悪を、君の感情が上回ったんでしょう。一体なにを糧にすれば、僕よりも速くなれるんですか？」

「他人を思いやる気持ちだ」

「縁の無い感情ですね。なるほど、超えられないわけです」

自嘲気味に呟いて、宙に吐くように言う。

「里見くんの最後の一発、排莢から装填までが、手先が見えないくらい速かったですよ」

「……お前の眼からはアレがそういう風に見えてたんだな」

蓮太郎は質問の矛先を変える。

「悠河、五翔会ってなんなんだ？」

「超党派、超国家組織ですよ。僕らはどこにでもいる。君の信頼している人が五翔会の人間じゃないという保証はどこにもないんですよ、フフ」

「……お前はたしか、五芒星の周りに羽根があって、それが階級を示すって言ってたな。お前は四つ羽根だったのに、どうして羽根を二つ削られた。何をやった？」

悠河は再び自嘲する。

「何も。僕はそれまではグリューネワルト教授のお気に入りということで、側に置いてもらっていたんです。でも、たった一回の立ち会いで負けて羽根を削られて、教授のお気に入りは僕じゃなくなった」

「敗北？　お前が？」

「僕が負けたのは君と同じ天童流の使い手です」

「な……ッ？」

「言ったでしょ？『もう二度と天童流に負けるわけにはいかない』って。君に負けたくなかったのは、まあ認めたくないけど、多分個人的感情も混じっています」

「天童流の、なんなんだ？　……抜刀術、合気術、神槍術。天童流って言っても色々あるぞ」

「君と同じですよ」

「戦闘術だと……？　馬鹿な……」

もう天童式戦闘術にめぼしい継承者など……。

「開始十二秒」

特大級の皮肉だとでも言いたげに、口の端を持ち上げる。

「いつ近づかれたのかすらわからなかった。気付いたら目の前にいました。最初の三秒で右の義手を吹き飛ばされて、足の骨を折られた。あとはもう一方的な展開でしたよ。君の使う戦闘術によく似ていますね。……いや、違うな。あれはもっと禍々しかった」

蓮太郎は急き込むように尋ねる。

「名前を、名前を教えてくれ！　お前を倒したのはなんていう奴だ？」

そこで彼の額に光る汗に気付く。彼の体力が限界に近づいているのだろう。返ってきたのは、まったく関係の無い問いだった。

「里見くん、君は死者の行列を見たことがありますか？」

「なに？」

「僕は、教授の、機械化兵士手術、を受ける前は……全盲だったのは、言いましたよね。目が見えなくても、僕にも、たった一つだけ……見えるものがあった……んです。……戦後すぐ、の頃、統計上、ガストレア化……した、人間たちは……全員、行方不明者扱いに、なっていた、時期が、あるじゃないですか。見えたんですよ。目蓋の、裏に。

生者でも、ない、死者でも……ない、煉獄を彷徨う者たちの行列が。

里見くん……天国は、限りなく遠いけど、地獄は……地獄は多分、石を投げれば、届くほどに……近い」

悠河は汗の浮く顔で最期の嗜虐心を滲ませた口を歪ませた。

「これは戦争、です……よ。僕たちと、君たちの。ガストレア戦争は、ま、まだ……終わってなど……」

そこまでだった。

悠河はそれが義務であるかのように血の塊をごぼりと吐いたかと思うと、うっすらと目を開けたまま動かなくなった。

その時、五翔会の最後の刺客、ダークストーカーはこの世を去った。

たった一人、友になれたかもしれない巳継悠河も巻き込んで。

5

「クソッ、クソッ！」

櫃間はアクセルペダルを全力で踏み、車を飛ばしながら、しきりに毒づいていた。

もうおしまいだ。すべてあいつが、里見蓮太郎が台無しにしてくれた。

さきほど、ダークストーカーのバイタルサインが消えて、ついに彼までもが蓮太郎の手に掛かった事が明らかになった。

どんな鉄火場も飄々とした様子で乗り込んでは、飄々とした様子で生還したダークストーカーが討たれたというのはいまだにタチの悪い冗談にしか感じられない。

返す返すも、初手の段階の手抜かりが悔やまれた。

獄中に放り込んで司直の裁定に任せるというのは、当初は最善と思われていたが、結果を見れば、それだけでは足りなかったのだ。

やり過ぎだととがめられても、いっそのこと留置場の彼の食事に毒を混ぜ込むところまで踏み込んでおけば、ここまでの惨状は回避できたのだ。

先ほどネスト経由で、櫃間は五翔会の沙汰を待つよう待機を命じられた。

羽根の全没や除名だけで済めばまだまだ御の字だろう。

街中でいきなり背中から撃たれる覚悟も固めておかなければならない。

だがいまの櫃間には、蓮太郎に対してたった一つできる復讐があった。

タキシードに身を包んだ櫃間はオープンカーのアクセルペダルを踏み込む。

やがて郊外の閑静な住宅街に十字架の付いた屋根が見え始める。結婚式場としてはメッカとも言える場所で、急遽ねじ込んだ結婚式とはいえ、日取りも選んでいる。

洋式の結婚をするのに太陰太陽暦の大安吉日の日取りを待たなければならなかったのは大いに疑問だったが、慣習だと説き伏せられれば、従うこともやむなしと弁えるだけの思慮もまた、持ち合わせている。

これから櫃間は結婚する。蓮太郎が思いを寄せていた女性と。

櫃間の心中に巣くう獣がせせら笑う。

汚してやる。ずたずたに蹂躙してやる。

彼が切歯扼腕する様子を思い浮かべると胸がすくような気分だった。

腕時計を覗き込んで、急がねばならないと自戒してアクセルをさらに強く踏み込む。すでに約束の刻限をいくらか超過している。

乗り付けたオープンカーをボーイに預けると、壮麗なバシリカ式の教会建築と、その上に戴かれた聖十字を見やり、両手で大判の扉を開く。

どこかこもった空気の中、蠟燭の燃焼するわずかな香が漂う。

壁には無数の燭台が掛けられており、いままでの晴天下に慣れた櫃間の眼にはことさら薄暗く映る。内部は石柱が林立し、袖廊下と身廊下とが直角交差して十字形を作っている。だが、いま身廊下には赤絨毯のバージンロードが敷かれ、その先の中央の祭壇の上空には巨大なステンドグラスを透過した紺碧の光が差し込んでいた。そして祭壇中央には――。

「おお……ッ」

櫃間はその時、用意していた幾千万の世辞も忘却して感嘆した。

黒絹の流れる頭髪に載ったヴェールや白手袋。柔らかいシフォン地のスカートのドレープが見える。

これほど美しい女性がいようかという純白の乙女が、こちらに背を向けて佇んでいる。

司祭はまだ到着していないようだった。

ぽつねんと背を向けた少女に向かって、櫃間は没我のまま足を踏み入れる。

信徒席の長椅子を超え、ついに手を伸ばせば届きそうな距離に彼女のほっそりとした肩を捉える。

「木更、よく来てくれたね。さあ、司祭が来たら、私たちだけで結婚式を挙げよう」

ついに彼女の肩に手をかける。

――その手が勢いよくふりほどかれたと思った瞬間、櫃間の鼻先には真っ黒い筒先が据えられていた。

筒先がベレッタ90ｔｗｏの銃身だと気付いた途端、櫃間は驚愕と困惑が相まって絶句する。

黒髪の花嫁は細められた眼差しで櫃間を見る。

「残念だけど、私、あなたと結婚はしないわ櫃間さん。いえ、五翔会幹部、櫃間篤郎と言った方が良かったかしら」

「なに……ッ、木更、君は何を言ってるんだ？　五翔会幹部？　知らない、なんだそれは！

──」

「──櫃間さん、アンタは良く立ち回った方だが、そろそろ年貢の納め時だよ」

その時、明後日の方向から、まったく別の声が聞こえて慌ててそちらを振り返る。

袖廊下の先についた司祭用の扉が開くと、そこから中年寸胴の刑事が現れた。こちらに向けられた回転拳銃ですら、何かの冗談のように見える。

「多田島さん……」

「悪いけど、神父さんはこない。代わりの私です。アンタには誓いの言葉の代わりに米国式にミランダ警告でも読みましょう。精々いい弁護士を雇うんですな」

「ふ、二人とも何を言っているんですか？　はは、一体何を証拠に」

「証拠ならあるわ」

木更が長手袋の左手を掲げる。その中には小さなチップが握られていた。

「『メモリーカード』……一体どこに……ッ」

もはや自白も同然のセリフだったが、それすらも櫃間の意中にはなく、ただ喘ぐように口をぱくぱくとさせる。

「これの中よ」

そう言って取り出したのは、陽光を反射する光を放つ懐中時計だった。

見合いの席で、櫃間が木更に贈ったものだった。

「ふ、ふざけるな！　それの中にあるはずがない。ちゃんとくまなく調べてある」

「気付かないのも無理はないでしょうね」

木更は中指の背でこつこつと時計を叩く。

「この時計、かなり特殊な細工がしてあって、色々いじった私でも、それこそ、定められた時刻になるまでまったく気付かなかったくらいだから」

「定められた時刻……だと？」

「この時計は水原鬼八が紅露火垂の誕生日に渡すはずのものだったのよ。そして今日、八月二十二日は紅露火垂の誕生日なの。午前零時になったとき、オルゴールのメロディと共に細工が明らかになったわ。そして、中にはこのメモリーカードが入っていた」

続きを警察手帳を開いた多田島が引き取った。

「櫃間さん、私は里見蓮太郎の調書を頭から洗い直してみました。彼は取調室で何度となく『水原は、証拠品を盗まれたと言っていた。だから、聖天子様に直接面会できるように俺に仲介を頼んだんだ』と証言しています。調べてみると、確かに水原鬼八からの一一〇番で三回ほど、警察が水原鬼八の家に伺っています。三回とも、家の中がひどく荒らされていて、物盗りなのか怨恨による犯行なのか、判断が付きかねるほどだったそうです。いま思えばこれは、警告の意味合いが強かったのかもしれませんな。『これ以上深入りすると命はない』という。まあここからは身内の恥をさらすことになるんですが、現場の警官はおざなりに調書を取っただけで帰ったそうです。多忙なので仕方ないとは言え、人でも殺されない限り動こうとしないのは、我々の悪い癖です。きっとその時でしょうな、紅露火垂へのプレゼントの懐中時計が盗られたのも」

次々と並べ立てられていく証拠に、櫃間は呼吸さえも出来なかった。

「じゃあ、カードの中身も……？」

「当然見ているわ。あなたの部下の五翔会幹部のところにも、いまごろ警察がお邪魔してると思うわ。まさか警視総監まで計画に荷担しているとは思わなかったけどね」

多田島が握る回転拳銃の銃口が怒りで震え、銃把がミシミシと軋みを上げる。

「『ブラックスワン・プロジェクト』の詳細も、当然知りました。最初は唖然として、いまはもうあなたに対する怒りしかありませんよ！　よくもガストレアを生物兵器に改造しようなんてことを考えましたな……ッ」

木更が猛然とかぶりを振る。

「どうして……どうしてなの櫃間さん？　五年前会った時は、あなたは純朴な人だったじゃない。一体いつから……」

すべてが瓦解した。そう気付いたときこみ上げてきたのは、不思議と諦念でも怒りでもなく笑いだった。

「いや、これで君を誘う手間が省けたよ」

「私を、誘う？」

櫃間は鷹揚に両手を広げると一歩詰め寄る。多田島の銃口が震え、木更の表情に怯えが走った。

「君は、私が親のすすめで五翔会に入っていると思ったのかい？　残念ながら違うよ。私は私の意志で五翔会にいる。水原の持ち帰ったメモリーカードの中に書いてあるかもしれないが、五翔会の理念は、ガストレアの世界からの排除だ」

「その方法が、どうしようもなく邪悪なのよ！」

「どうして？『意志ある者』が勝ち上がる、とてもシンプルな世界じゃないか」

「あなたには、『意志ある者』に踏みつぶされる弱者の悲鳴が聞こえないの？」

櫃間は処置無しとばかりに肩をすくめて両手を広げて見せる。

「おやおや、私だけ非人間扱いかい？　それはひどいんじゃないかな？　五翔会では、天童和光の一件も調べがついている。君だって口では非難していても、心の奥底で私たちの思想に共鳴してるんじゃないか？　いや、それとも君が心の中に飼っている怪物は、もっと禍々しい理想を掲げているのかい？」

木更がビクリとして、表情が青ざめる。

「そこまでだ櫃間さん！」

威嚇する多田島に委細構わず、櫃間は続ける。

「バラニウムの供給は盤石に見えて、いつか必ず途切れる時が来る。君もニュースで何度となく専門家が警鐘を鳴らしているのは知っているだろう。バラニウムはモノリスの素材のみならず、民警の武器や弾薬にも使用されている。『バラニウムを制した者が世界を制する』――この文言には、残念ながらなんの誇張も含まれていない。

地下に埋蔵するのではないかと試算されているすべてのバラニウムをかき集めても、世界中の国をモノリスで覆うには圧倒的に足りない。放っておいてもいつかバラニウムを巡って戦争が起こる。その時真っ先に踏みつぶされるのは、君の言う弱者だ。いま私たちが先手を打った方が相対的に救済される人間は多いんだよ。いやむしろ、このまま人間同士が泥沼の戦いを続けて消耗すれば、人類すべてがガストレアに滅ぼされることにもなりかねない。聡明な君なら理解できるはずだ。

必要なのは、先手必勝と短期決戦。そしてそれは、最終的には公共の利益として還元される。木更――君にも、私たちの仲間になる資格がある」

木更は愕然と眼を見開く。

「耳を貸すな天童社長！」

櫃間は、隠し持っていた自動拳銃を抜き、発砲。多田島がシャツからパッと血液を飛散させ、驚愕の表情を浮かべる。

すばやく身を翻すと、逃走に移る。

背後から銃声。足下を銃弾が抉る。正面に迫り来る扉に肩から体当たりして教会から飛び出す。

吸い込まれるような青空に一瞬目を奪われかけるが、すばやく路地に転身。

雨水溜まりを撥ね散らし、全霊で駆け抜ける。

計画は失敗だった。作戦を立て直す必要がある。

当座は高飛びと計画の練り直しに追われるだろうが、ほとぼりが冷めたところで再び木更にコンタクトを取って籠絡を進めれば良い。焦る必要は無い。

すでに脳内にはいくつか妙案もあった。

と、突如路地裏にブレーキ音も高らかに車が飛び込んできて、櫃間の進行方向を塞ぐように停車する。

スモークガラスが降りて顔を出したのは、ハンチングを被った年若い男だ。

「どうもこんにちは櫃間さん」

幾ばくかの驚きを交えて男を見る。

「その声は、ネストか？」

直接会うのは初めてだった。なにしろ彼は、連絡要員としてハミングバード、ソードテール、ダークストーカーを仲介・物資を運搬する役割しか与えられていなかったからだ。

ハッとして我に返ると、腕を水平に振る。

「計画は失敗した！　とにかく父上だけでも回収して、大阪エリアに高飛びする。お前は偽造パスポートを取れ。いますぐにだ！」

切迫した櫃間とは対照的に、ネストはにこにこと櫃間を見ていた。

「その蝶ネクタイ、綺麗ですね」

「あ？」

咄嗟に顎を引いて視線を自分の蝶ネクタイに落とす。

どこにでもある黒無垢のもの。笑えない冗談だ。

「お前何を言って……ッ！」

減音された発砲音がして、櫃間の体が揺れた。

膝を崩す。胸が熱い。シャツを冒して広がっていく色彩は、暗い赤だった。

ネストの手には消音器つきの自動拳銃が握られていた。

「『ブラックスワン・プロジェクト』の撤収が決まりました。それに伴い、五翔会に繋がる証拠はすべて抹消するように仰せつかっています」

「馬鹿な……私がいなければ組織の運営に支障が――」

サイレンサーからオレンジ色の銃口炎が走る。

それが櫃間の見た最期の光景だった。

ネストは弾倉がカラになるまで連続で引き金を引くと、後部座席に拳銃ごと放り投げてハンドルを両手で握る。

「失敗者には死を。さようなら、立派な櫃間警視」

エンジンをふかすと、猛スピードで車をバックさせ、ネストは現場から逃走する。

あとには暗い路地に打ち捨てられた死体だけが残った。

6

蓮太郎が半死半生のまま、無事モノリスの偉容を大きく視界に収めたのは、夜も深まった頃だった。

よたつく足取りで、なんとか地面を踏むと、その一歩が激痛を生む。

悠河との戦闘を終えしばらくすると、アドレナリンの加護が切れて猛烈な痛みが襲ってきた。

ここに帰り着くまでに、ステージⅠのガストレアと三回遭遇し、三回とも敵がこちらを発見するのに先んじて脚部の残カートリッジを使って瞬殺した。

夏の風が血を失った肌に心地よく吹き渡る。

蓮太郎は目を閉じ、そのにおいを鼻孔いっぱいに吸い込んだ。

ガストレアを培養していた研究所は、きっちり爆破を見届けている。

徒歩で帰路を急ぎながらも、何度となく火垂の遺体を取り戻すために引き返して、彼女を抱えたままモノリスをくぐりたいという誘惑に駆られたが、満身創痍の状態では、それもままならない。

携帯モノリスの傍らに埋葬した彼女の遺体は、出来るだけ早く場所を移して手厚く埋葬し直したい。もちろん、水原と同じ場所に。

モノリスが、大分視界に大きくなってきた。

内と外のちょうど境界線あたりに、大量の赤い明滅が見え、眼を細める。どこから嗅ぎつけてきたのかはわからないが、どうやらパトカーが大挙して蓮太郎が帰り着くのを待っているらしい。

嘆息が漏れる。一応施設内の写真は火垂の携帯に保存してあったが、事態の説明には大量の時間を要するだろう。

だが、蓮太郎の予想はあっけなく裏切られた。

「蓮太郎！」

「お兄さん！」

走り寄ってきたツインテールの少女と金髪の少女を見て瞠目する。

手足が勝手にガクガクと震（ふる）える。

強く願いすぎたあまりに見る幻覚と幻聴（げんちょう）なのではないかと、本気で疑った。

だがそれが違うとわかった時、蓮太郎は自分の傷も忘れて走り出していた。

ぶつかるように抱きしめる。くるくると回転しながら草（くさ）っ原（ぱら）に倒れ込む。温かい、柔らかい、夢みたいだ。延珠（えんじゅ）だ。ティナだ。

「延珠！　ティナ！」

止めようと思っても顔がゆるんで、気付けば澎湃（ほうはい）と涙が溢（あふ）れていた。

三人で肩を組み見つめ合う。ティナと延珠も感極まってすんすん鼻を鳴らしており、ティナは何度となく目元を拭（ぬぐ）っていた。

馬鹿みたいにお互いの名前を連呼する。三人でもう一度、固く抱きしめ合う。もう二度と分かたれぬように、強く、強く。

蓮太郎は矢継（やつ）ぎ早（ばや）に聞いた。もう二人とも解放されたのか、と。

二人は口々に答える。延珠は突然新しいプロモーターとのマッチングから解放されて、ティナもいきなり釈放（しゃくほう）されて、パトカーの送迎付きでここまで来たらしい。

お互いの事情を聞いたあと、ふと疑問が鎌首をもたげる。

「そういやお前等、ここほとんどモノリスの直近だけど、お前等（ガストレアウイルス感染者）ってこんなに接近しても大丈夫だったか？」

延珠が「そういえば」と怪訝な表情をしたと思った瞬間、ぎょっとして両手で口を押さえる。

ツインテールがしおれた。

「むぅ、き、気持ち悪い。吐きそうなのだ」

「私も、ちょっと調子良くないです」

「アホ」

苦笑すると、くしゃくしゃと両手で二人の髪を掻きまぜる。そんなことすら彼女たちの意中からは失せていたらしい。

蓮太郎は二人の背中を押す。

「よし、早いとこ家に戻ろうぜ。このままだと本当にお前等失神す——」

るぞ、と続けようとして正面を見たところで、蓮太郎の言葉は途切れていた。

正面に花嫁が立ち尽くしていた。ヴェールは取り去ってしまったらしく漆黒のストレートロングの髪が風で揺れている。

「木更さん……」

彼女はなぜかこちらと視線を合わせようとせず、右斜め下を見つめ立ちすくんでいる。

やがて真下を睨んだまま、蓮太郎の真ん前まで来ると立ち止まる。

「胸」

「え？」

「胸、貸して」

「お、おう」

蓮太郎が両手を広げると、木更は地面を見たままスポッと蓮太郎の胸に収まる。

長手袋を嵌めた手が背中に回されて、ドギマギした。

「お、おい木更さ――」

「お馬鹿」

蓮太郎の胸にすがりついているせいで、表情までは窺えなかった。彼女はそのまま胸に鼻をこすりつけるように首を振る。

ごくごくかすかな震えが、木更の体を通して蓮太郎にも伝わる。

恐る恐る、蓮太郎も彼女の背を抱く。驚くほど柔らかい。

「あの、さ」

「うん」

「もう、全部終わったのか？」

胸の中で少女が頷く感触。

蓮太郎は星無き夜空を見上げながら嘆息した。

「そうか」

木更がここにいる。延珠とティナも解放された。ということは、蓮太郎に着せられた濡れ衣は、木更が晴らしてくれたらしい。

櫃間との間に何があったのか、どうして彼女が花嫁衣装のままここにいるのかは、いまは聞くまいと思った。

どれくらいそうしていただろうか、彼女の両手に手を置くと、戻ろうと言う。

モノリスはもう目前だった。いままで離れていた分だけ一緒にいたくて、自然にお互いの手を握る。

そして四人一列で、不可視のゴールテープを切って東京エリアに帰り着いた。

詰めかけた大量のパトカーから顔を覗かせる警官たちは、惚けた表情でこちらを見ている。東京エリアで未曾有の大逃走劇をやらかして、ついに逃げ切った上汚名を返上してしまった民警に、あきれているのかもしれなかった。

多田島の顔を見つける。

肩に被弾したらしく三角巾で吊っている。その表情は、いつになくしかつめらしかった。無言で敬礼してくる。

「みんな道を空けろ。東京エリアの救世主が通られるぞ」

静かな狂熱が警官たちの間に伝染していき、警官たちが三々五々に敬礼をする。彼らの表情には、深い畏敬の念が刻まれていた。

ふと、オルゴールの音色が聞こえてきた。

木更の持っている懐中時計から聞こえてくるらしい。
どこか懐（なつ）かしく、だが曲名が思い出せない。
紙吹雪（かみふぶき）も歓声もない凱旋（がいせん）のパレード。

かくして再生した天童（てんどう）民間警備会社は、警官たちに見送られながらその中央を進んだ。
風は、夏のにおいを強くはらんでいた。

BLACK BULLET 6 CHAPTER Epilogue

終　章
重なる二人・すれ違う二人

蛇口をひねって木桶に水を満たしていると、跳ねた水滴の冷たさに驚く。清明な水面は紺碧の空を映して薄く青く、光を透過しみずみずしい色合いを放って揺れている。

首を九〇度傾けると、太陽は中天を指しており、通りがかった飛行機が轟音をまき散らし、空の通り道に線を引く。

蓮太郎がいる霊園墓所は外周区にほど近く、周囲を森に囲まれているせいでセミの鳴き声がかまびすしい。森が鳴いているように聞こえるほどである。

蓮太郎は重くなった手桶を右手に提げながら、碁盤の目状になった広大な敷地を戻ると、ほどなくして三人の少女の背を見つける。

厳粛な場だと弁えているのか、ティナや木更はもとより、元気が取り柄の延珠まで飛んだり跳ねたりをつつしむ様子を見せている。

蓮太郎たち天童民間警備会社の面々は、一つの墓石の前に向き直ると、水を替えて、キキョウやリンドウなど紫色の花が多くなった花を生ける。

柄杓で水をすくうと、墓石にかけ、祈った。

「遅れたな、水原、それと火垂も」

目線の高さを合わせながら二人の墓に語りかける。

すべての事態には一応の決着をつけた。

いまだテレビやネットニュースは例の事件を繰り返し報じている。

警視総監を含む三十人の警察官が、蓮太郎へいわれのない水原鬼八殺害容疑をかけたことが明らかになって、余罪の洗い出しも含めて警察はいま蜂の巣をつついたような有り様になっている。

彼らの多くは即日懲戒処分にされ、裁判所に送致され、今後は裁判の成り行き次第だろう。

ニュースでは『抗バラニウムガストレア』の培養・実験については一言も言及されなかった。

勿論、その裏で暗躍する五翔会なる組織のことも。

悠河を倒し、五翔会の野望は頓挫させたが、根本的解決には至っていない。

蓮太郎が研究所に乗り込んだときすでに研究データが回収されたあとだったし、逮捕された五翔会幹部はほとんどが警察関係者の下っ端。事情に通じていただろう櫃間親子は揃って不審な死に方をしており、それ以上たどることも出来なかった。

あれから玉樹、弓月、朝霞の見舞いにも行ったが、なんと病室の戸を引いた時出迎えたのは朝霞と玉樹の土下座だった。

二人とも、たしか骨折していたはずだが、朝霞の土下座は、もし土下座の見本があるとすればこれだろうというくらいピチッと決まっており、それに並ぶ玉樹の土下座は、随分と尻が上がって間抜けだった。

「奸賊の奸計にまんまと踊らされ、申し開きのしようもありません」

「男は言い訳はしねぇ。黙ってオレっちを殴ってくれ！」

という二人に対して、病室の壁に体を預けていた弓月（ゆづき）は、一人プリプリと怒っていた。

「だからあたし言ったじゃん？　あの警察なんかおかしくない？　ってさー」

深刻な空気を作っていた蓮太郎（れんたろう）は、その光景におかしくなって、思わず笑ってしまった。

蓮太郎は手でそっと左眼の義眼（ぎがん）表面を撫（な）でてみる。

悠河（ゆうが）との戦闘時に一瞬見えた『二千分の一秒の向こう側（ターミナル・ホライズン）』は、あれ以来一度も見えていないが、それでも狙撃（そげき）の腕前は格段に上がった。

自分に前と変わったところがあればおそらく、覚悟が決まったことだろう。自分が引き起こす死に対して全面的な責任を取る覚悟を決めたという、ただそれだけなのだ。

「これも一緒に……」

木更（きさら）がおずおずといった様子で懐中時計を墓に供える。

裏蓋（うらぶた）には『いつも君のことを想っている（YOU ARE ALWAYS IN MY HEART）』という文字が彫刻（ちょうこく）されている。

意図して書いたものではないだろうが、まるで自分の死期を悟っていたかのような水原（すいばら）のメッセージに、知らず胸を締め付けられるような気持ちになる。

水原と火垂（ほたる）が命を賭（と）してまで守りたかった東京エリアの平和を守れた。

彼らの勇気ある行動がなければ、五翔会（ごしょうかい）の野望をくじくことは絶対に出来なかっただろう。

蓮太郎はうっすらと首を振って思考を打ち切った。

「帰ろうぜ」

木更が今回の件の警察からの慰謝料が少ないことにブチブチ文句を言い、延珠はＩＩＳＯでの待機期間が長かったので力が有り余っていると跳ね回り、ティナは相当刑事にやりこめられたらしく、その時のことを聞くと閉口するような表情を見せる。

あまりの暑さに耐えかねて滅多に使わない自販機で何か買ってきてくれるように頼むと、延珠が悪戯して熱々のホットコーヒーを買ってくる。プルタブを起こして一口だけ飲んでみるが、舌が火傷するほど熱く、心の底からうんざりした。

やがて、夏休み中につき営業時間拡大中の天童民間警備会社に帰り着いた木更が、何かに気付いたのか怪訝な表情をする。

「あら、あの車って……」

彼女の指差す方向に目をやると、磨き抜かれた黒塗りのリムジンがハッピービルディング前に停車しているのに気付く。

ちょうどあちらも蓮太郎たちを視界に収めたのか、ドアを開けるや少女が体当たりせんばかりにこちらに走り込んでくる。

「里見さん！」

純白のドレスを着た少女——聖天子は、だが本来走る用途ではない白いヒールで走ったため、内側に膝をひねって足がもつれる。

咄嗟の判断で走って彼女の体を抱き留め、なんとか転倒を免れる。

「おいアンタ気をつけ——」

文句を言おうと口を開きかけるが、顔を上げた聖天子の濡れた瞳とぶつかって思わず仰け反り、続く言葉を完全に忘却。

「ありがとうございます里見さん。外出されていたようなので、車でお待ちしておりました」

蓮太郎は頭を掻きながら彼女から視線をはずす。

「い、いやそれよりどうしたんだよ急に」

聖天子は胸の前で掌を重ねてうっすらと微笑を浮かべると「そうでした」といって、持っていた白いポーチから何かを取り出して蓮太郎に寄越す。

「今日は里見さんにこれをお返ししに来たんです」

「これは……？」

受け取ってみると、自分のバストアップの写真。他には様々な免許や拳銃携帯許可などの資格情報が書かれていて、カード状のそれは合皮製のパスケースに入っている。

まごう事なき蓮太郎の民警許可証だ。そういえば、聖居で彼女にライセンスを返却してそれっきりだったはずだ。

蓮太郎は感に打たれてしばらくライセンスを握りしめたまま硬直していた。

ライセンスを取得した当初は、さしたる感慨もなく持ち歩いていた。

なのにこれが再び手元に返ってきたいま、胸の奥から熱い塊のような感情がこみ上げてくる。

なにか言葉を発すると、それが嘘になってしまうような気がして、蓮太郎は黙って目をつむり、鼻から息を吐いた。

と、そこでにこやかな表情でこちらを見ている聖天子の視線に気付いて慌ててそっぽを向く。

「別に郵送で構わねぇのに。アンタこのためだけに、聖居を抜け出してきたのか？」

「違います……、それだけでは、それだけでは、ないのです……」

急に歯切れ悪く言いよどむと、両手でスカートをぎゅっと握ったまま続ける。

「私は、プラザホテルで里見さんが亡くなったと聞いてからショックで政務もまったく手につかず、食事も喉を通りませんでした。だから里見さんが生きていると聞いたとき、私……」

聖天子はこらえるように唇を引き結んで言葉を飲み込んだあと、蓮太郎の手をすべすべした両手袋でぎゅっと包み込むように握る。

「よくぞやり遂げましたね、里見さん」

直近に輝き出さんばかりの美貌があって、近くで見ると本当に綺麗だなと思いながら、されるがままになる。

随分長い間見つめ合ってから、はっと両方同時に頬を染め顔を逸らす。

聖天子は両手で包み込むような所作で真っ赤になった頬を押さえていた。

「すみません、私ったらこんなに近くで殿方と見つめ合って、はしたない……」

背後から女性陣の氷結した視線が突き刺さって冷や汗がぶわっと噴き出す。

「ちょっとッ」

木更が慌てて二人の間に割って入って、諭すように聖天子を見る。

「あ、あのですね聖天子様。聖天子様は見たことがないだけでしょうから忠告しておきますけど、里見くんなんてちっとも格好良くありませんよ。お馬鹿だし、甲斐性無しだし、足くさいし、見てると元気が吸い取られてくるくらい不幸な顔してるし」

聖天子は不思議そうな顔で右手で頬の辺りを撫でながら木更を見る。

「天童社長は里見さんとお付き合いなされているんですか？」

「付き合ってません！」

「ならばなぜそんな必死な表情をなさっているんですか？」

「必死じゃありません！」

木更が噛み付きそうな表情でこちらを振り返る。

「ちょっと里見くんッ？」

——なんでこっちに矛先が向くんだッ？

「お兄さん、私とのことは、遊びだったんですかッ？」

「妾とのことも遊びだったのか！」

ティナは哀切に、延珠は憤然としながらややこしくなりそうなことを絶叫する。

本気で頭を抱えながら悲鳴を上げたくなったその時「お、聖天子様までそろい踏みですか！」という陽気な男性の声が聞こえる。

パイナップルみたいな頭髪に扇子、袴という出で立ちの初老の男性は、陽気に笑って「よっ」と、年齢からは想像も出来ないほど若々しい挨拶をする。

蓮太郎は思わぬ助け船に嬉しくなって叫ぶ。

「紫垣さんじゃねぇかッ」

男性、紫垣仙一はニッと白い歯を見せ、ガハガハ笑う。

「ちょうど一度お前等のとこに向かおうとしてたとこなんだが、いやはや、まさか聖天子様までおられるとは」

聖天子も折り目正しく礼をする。

「ごきげんよう、紫垣さん。経営されているバラニウム鉱山の方は順調ですか？」

「ハッ、まあまあですな」

「まさか菊之丞さんの執事をしていらした方がいまは実業家とは」

「いやはや、たまさかそっちの商才だけには恵まれていたらしいですな」

「今度選挙にも出馬なさるとか？」

「お恥ずかしい限りです。落ちて無職になっても笑わんでくださいよ、ぬはは」

一通りの社交辞令を済ますと、紫垣は蓮太郎と木更の方に向き直って、照れたような困ったような愛嬌のある顔をする。

「木更よ、その……今回のことは本当にすまなかったな。今日はその詫びをしておきたくてな」

蓮太郎にもそれが見合いの件のことを言っているのだと分かった。

「よかれと思って先方とお前を引き合わせたんだが、まさかあの櫃間の小せがれや総監まで犯罪に手を染めていたとは……おまけに小せがれの方はあんな結末になってしまって——本当にスマン」

大の大人が平謝りする。大人の出来た対応に、木更も寛容に微笑む。

「いえ、結局実害はなかったんで問題ありませんよ、紫垣さん」

「ぬはは、まあお前ならそう言うと思ってたよ」

その時、裾がクイクイと引かれて振り返ると、延珠とティナが不安げな表情でこちらを見上げている。

「蓮太郎、あのおじちゃんは誰なのだ?」

「そうか、お前等は初めてになるな——紫垣さん」

蓮太郎は手招きした紫垣に延珠・ティナを紹介し、今度は彼女たちに紫垣を紹介する。

「天童民間警備会社の書類上の経営者で、俺と木更さんの後見人の真似事みたいなのも請け負ってくれている紫垣仙一って爺さんだ」

「おお、そんなエライ爺さんだったのか」

「は、初めまして。よろしくお願いします」

紫垣は腕組みして、正反対とも言える性格の二人をしかつめらしく見たあと、不意に相好を崩して二人の頭に手をおいてくしゃくしゃと髪を掻く。

「わはは、こりゃまた可愛いのが出てきたな。お前、司馬のお嬢さんともデキてたよな。なんだお前、いつの間に五股もかけるほど気が多くなったんだ？　ああん？」

紫垣が肘でぐりぐりと蓮太郎を小突いてきて、反射的に『ちげぇよ――』と言いかけた刹那、蓮太郎の持っていたコーヒーがプルタブからこぼれ宙を舞い、まだ熱い液体が紫垣の羽織の袖に向かって――

あっ、と思った時には遅かった。

「アチチッ」

紫垣は咄嗟に膝をついて、コーヒーがかかった袖をまくる。慌てて近寄ろうとすると、紫垣は素早くハンカチを出して拭い、まくり上げた袖を下ろす。

紫垣の視線は、蓮太郎が持っているコーヒー缶を凝視している。

「な、なんだお前ッ、こんなクソ暑いのにホットコーヒー買ってるのか？　一体どういう風の吹き回しなんだ？　それがナウなヤングのトレンドなのか？」

「お、おいそれより、火傷してねぇか？」

紫垣は気にした風もなく「ん？　まあ大丈夫だろうさ」というが、心配性のティナが「事務所が近いので水で冷やしましょう」と提案する。

紫垣は逡巡した様子を見せるが、しばらくして洗面台だけ借りるということで手打ちになる。

妙なことになったなと思いながら、蓮太郎は紫垣に付き添ってハッピービルディングの階段に足をかけた。

紫垣がティナと蓮太郎に付き添われてハッピービルディングの階段をのぼっていくその背を見送りながら、延珠はその場に釘付けになっていた。

あれはなんだったのだろうと腕組みする。

どうやらあの場にいる人間で気付いたのは自分だけだったようだが、紫垣の服の袖にコーヒーが跳ねて紫垣が咄嗟に腕まくりしたとき一瞬それを見たのだ。

彼の趣味なのか、紫垣は二の腕に入れ墨らしきものを刻印していた。それも五芒星の頂点に五枚の羽根などという、あまり外見に似合わない派手なものを。

だが、あまり物事を突き詰めて考えるクセのない延珠は、持ち前のからりとした性格ですぐにそんな些事を意中から閉め出すと、パタパタと蓮太郎の背を追った。

バラニウム鉱山の採掘によって財をなした紫垣仙一の私邸は、東京エリア第一区の一等地に構えられていた。

その中でも彼以外立ち入ることが許されていない彼の書斎には壁の半面を埋める書架があり、古今の古典や辞書が、いつか紐解かれるのを待ちながらひっそりと収納されている。

もし建築の心得のある人間が屋敷を外から見たあと書斎に入ったなら、外観から推定される部屋面積が圧倒的に不足していることに気付いただろう。

書斎に帰り着いた紫垣は、上等なマホガニーの机には向かわずに、まっしぐらに書架の最奥に行き、『世界の兵器大辞典』の三巻を抜き出し、その奥にある鍵穴に鍵を挿入して回す。

すると、エレコンパックと呼ばれる可動式の本棚に通電して、本を満載した本棚がレールの上を稼働。

たちまちのうちに壁の一面だった棚が移動し、新たな部屋へ向かう通路が現れる。

紫垣は真っ暗な通路の奥を、勝手知ったる様子で進む。

蹴躓いてもおかしくはないほどの深淵は、もはやうっすらとすら視界が利かない有り様になる。

と、突如床面に薄青い光がボッという燃焼音と共に灯り、それは一脚の革張りのエグゼクティブチェアを照らし出す。紫垣がその椅子に腰掛けると、鬼火めいた光が導火線になって溢れだし、床に巨大な五芒星と複雑な意匠の羽根を描き出しながら一筆書きで繋がる。

『遅いぞ馬鹿めが。俺を待たせるとは貴様も随分偉くなったものだな』

見ると、ペンタグラムの五つの頂点の一つに紫垣のものと同じ拵えのエグゼクティブチェアがあり、そこには顎ヒゲと髪がつながって獅子のたてがみのような偉容を発する男が組んだ足を投げ出して座っていた。

大阪にたった一人存在する五枚羽根の最高幹部、斉武宗玄である。

東京エリアの最高幹部である紫垣は、あたりを見渡すが、見たところペンタグラムの頂点は二つしか埋まっておらず、他の三つのチェアはカラになったままだ。

「北海道のはまあ、いま時期なのでわかるとして、博多のと仙台のはどうした？」

『知るか。なんなら、俺と貴様だけですべてを差配しても良い』

よく見れば、斉武の体は全身が薄青い光で構成されたホログラム映像だ。

——選ばれし『五枚羽根』による五翔会最高幹部会議。それがいま、紫垣のいる場所だった。

紫垣は厳かに切り出す。

「いましがた、蓮太郎たちと会ってきたよ。私の計画を潰してくれたのに、呑気なものだった」

『警察にいる我らの〝細胞〟を潰されたのは、さぞ痛手だろうよ』

「そうでもない。あんなカス共、それこそいくらでも替えが利く。それに痛手云々を言うなら、俺に内緒で東京エリアを訪れて、聖天子の抹殺をやらかそうとした奴儕の方がよっぽど痛手だと思うが如何？」

『相変わらず当てこすりばかり上手いな、貴様は』

斉武が鼻白んだように宙を見ながら息を吐いて続ける。

『聖天子の抹殺が、一番事態が捗るだろうと思ったのだ。それに最後通牒はくれてやったよ。それでもケツの青い理想主義を唱えるもんだからついゴーサインを出した。俺があぁいう手合いが一番嫌いなのはお前も知っておろうよ？　俺に従わぬ者は力尽くで排除するッ、それが俺の流儀だ』

「斉武、お前は東京エリアというものを分かっていないようだな。東京エリアの政体を維持する上で、偶像としての聖天子は欠くべからざるものだ。殺して大混乱を作り出せば、確かに私の台頭に有利だが、それも天童一族を滅ぼしてからではないと効果が薄い。まず消すべきは天童菊之丞だ」

『だからあんな回りくどいことをして天童木更を手に入れようとしたのか？　紫垣よ、それほどまで骨を折って手に入れる価値のあるものなのか？　あの女は』

紫垣は、なにをか言わんやと首を振る。

「お前は天童和光殺害の現場写真を見ていないからわからんだろうな。あれは天童が生んだ究極の鬼子だ」

『ほう』

「それに奴の最終目標は天童菊之丞の殺害だと聞く。目指すところも同じだ」

『ふん、結局は失敗しただろう』

「いや、成功だ」

『ぬ？』

紫垣は口の端を吊り上げた。

「成功だ、と言ったのだ」

斉武は、真意を測りかねるように沈黙する。

「ところで、十造寺の方はどうだ？」

『フン、細工は流々、といったところよ。てっきり貴様が俺に続いて二番目だと思っていたのだがな』

「なんだ、お前も当てこすりが上手くなったではないか」

『どこぞの誰かという偉大な先達がいるおかげよ』

紫垣と斉武は闇の中、肩を揺らして小さく笑う。

『これで大阪エリアと北海道エリアの国家元首が五翔会の手の者で占められる。残るエリアは三つ。ゆめ忘れるな。我らが大義を』

「五翔会に栄光あれ」

『五翔会に栄光あれ』

ふっと青い光が消え、すべてが暗転して闇に包まれた。


どこからか、もの悲しげな犬の遠吠えが聞こえる。

闇が濃くなり、煌々と灯る街灯の下を、里見蓮太郎はくたくたになった足を引きずって帰る。

体中に染みついた火薬の匂いに頭がガンガンする。

腕は射撃反動でガタガタになり脱臼していないのが不思議なくらいで、このままでは箸を持つことすらおぼつかないのではないかと心配になる。

試しに両手で耳を塞いでみるが、ひどい耳鳴りがした。きちんとイヤープロテクターは装着していたはずなのだが、未織がいそいそと持ってきた新型弾薬と新型銃の凄まじい轟音のせいだろう。

今日は終日司馬重工の新商品のテスターにされていた。

いま未織はイニシエーター専用の強力な弾薬を使ったハンドガンを開発しており、完成した暁にはティナに供給しても良いと言われれば、是非もない話だった。

未織は事件のことには何も触れずに、ただ黙って「借りを返しぃ、里見ちゃん」と言っただけだった。その距離感が妙に心地よい。

不思議と悪くない虚脱感を抱えながらアパートの鉄階段をカンカンとのぼって自室のドアノブを回す。

「お帰り、里見くん」

突然開いたドアから、黒セーラーの少女が現れる。

「あ、あれ？　木更さん？」

黒制服の上からフリル付きのエプロンをつけた木更は喜色満面で蓮太郎の後ろに回ると、背中を押して入室を促す。

上着を脱いでネクタイを緩めながら部屋の中を見渡すと、いるべき少女たちの姿がないことに気付く。

「延珠とティナは？」

「町内会の花火大会に行ってるわよ」

蓮太郎は手鼓を打つ。

「ああ、あの会費五百円でやってるやつ。今日だったのか」

どうせ五百円程度じゃ大したやつはできないだろうが、今年はまだ一度も花火を見に行ってないので、無性に延珠たちに混ざりたい気持ちになる。

蓮太郎の顔色を読んだのか、木更は優しくかぶりを振る。

「駄目よあれ、参加資格があるのは十二歳以下の子供だけだから。そのうちお祭りでもっと大きい花火やるから、その時みんなで行きましょ」

じゃあ、今日の夜は随分と久しぶりに木更と二人きりなわけか。

蓮太郎はそこで、座卓の上に載っている色とりどりの皿に気付く。台所は使用された痕跡があった。

嫌なにおいがどこからともなく漂ってきて、脂汗が流れる。

「木更さん、まさか料理作ったのか？」

木更は無言で微笑むと、両手の指をこちらにこちらに向ける。十枚にも上ろうかという絆創膏が指に巻かれていた。

「まあ、いつまでもみんなに料理が下手って言われるのもシャクだからね。ちょっと上手くなってみちゃった」

食べて食べてオーラを出し続けている木更に負けてどっかりと座り込むと、吐瀉物のような饐えたにおいが鼻孔に飛び込んできて、思わず「神様」と小さく呟いて目を閉じる。

皿に載ったゲル状の物体は、頭のおかしくなった芸術家がカンバスに力の限り絵筆を叩き付け続けたような絶望的な色合いをしており、見ているだけで狂気という言葉のなんたるかを蓮太郎に教育していた。

刺激臭が眼を刺して涙が出てきたので、木更には嬉し泣きだと必死で誤魔化す。

スプーンでゲルをそっとすくってみる。異様に弾力があるソレは、ぶるんぶるんと嬉しそうに震えた。意を決して、口に運ぶ。

一瞬涅槃境が見えた。川の向こう側で父親の里見貴春が笑顔でこちらを手招きしている。

「おえッ、ゲロ不味――」

「不味……なんなの？」

木更が、キロリと殺意のこもった視線でこちらを睨んだ。

「気が触れたみたいな美味さだ！」

「むふ、もっと褒めて」

「耳をちぎりとった芸術家が作った飯みたいだ！　鬼気迫るものがあんよ！」

「えへ、嬉しい」

木更は馬鹿なので、蓮太郎が遠回しにけなしているのにも気付かず頬を染めている。

「って、馬鹿にしないでよ！」

――そんな上手いこと行くわけもなく、速効でバレた。

木更は憤然と立ち上がると、髪をくしゃくしゃと掻く。

「あーもう。じゃあ……その、さ、里見くんが教えてよ」

「え？」

一転、木更がもじもじと内股気味に太腿を擦り合わせる。

「里見くん、事件が起きる前、今度料理教えてくれるって言ったじゃない。ほら、サツマイモ食べたとき」

そういえば、そんなことも言ったような気もする。

思案の末立ち上がり、袖をまくる。

「じゃあ、なにやる？」

「……野菜炒めのコツ、教えて」

特に、フライパンで炒める以外にコツがいりそうな料理ではないのだが……。

木更がエプロンの帯を締め直すと、冷蔵庫から出したほうれん草を切り始める。

蓮太郎は木更の真後ろに立って、監督役に徹する——つもりだったのが、すぐに見ていられなくなって、後ろから彼女の手を握ると、包丁の使い方から教える。

トン、トン、とぎこちなく包丁でまな板を叩く音。テレビも付いておらず、静かな時間が流れる。

「あのさ、木更さん」

「ん？」

「櫃間のこと……さ。好き、だったのか？」

木更は黙って手を動かす。トントンという無機的な音。

沈黙が痛い。

やがて、木更が前を向いたまま答える。

「わからない」

「そうか………」

「でも、多分恋じゃなかったんだと思う」

「でも……櫃間とキスしてたじゃねぇかよ」

あまりに未練がましいことを言ったことに気付いて、軽い自己嫌悪に陥る。

だが、瞳を見開き「見てたの……？」と呟いた木更のパニックは、蓮太郎の比ではなかった。

「ち、違うの。こうやって掌で仕切り板みたいなのを作って、それで、櫃間さんが迫ってきたときは、こうやって押して――」

木更も自分で演じていて嘘くさいようなものを感じたのだろう。どうすれば蓮太郎に信じてもらえるのか真剣に考え始めて――そこで蓮太郎は笑ってしまった。

逆説的だが、その真剣な表情を見て、蓮太郎はすべて杞憂であることに気付いたのだ。

「私、里見くんが思ってるようなこと、一切されてないし。だから私、ま、まだ処女……だし」

「お、おう」

木更の口からエッチな単語が出てきてドキドキしながら、フライパンにサラダ油を敷いて、ほうれん草を載せると、ジュワッという音がして、みるみる縮んでいく。

「そ、そういやさ、北海道エリアの新しい首相の話、聞いたか？」

てっきり無視されるものだと思ったが、木更は振り返らず「驚いたわ」と小さな声で返す。

「まさか桐生首相が倒れるとはね」

蓮太郎も木更も、天童の屋敷で生活していた頃、何度か面識があった。

「俺も驚いたよ。アイツ、百歳くらいまでは余裕で生きそうだったのにな」

「ねぇ、あの噂聞いた？」

「あの噂？」

「聞いた話だと、桐生首相、朝食を食べたあと、急に胸を押さえて倒れられてそのまま帰らぬ人になったんですって。なんだか遺体には不審な点が多かったらしくて、詳しく調べようとしたんだけど、どこかから圧力が掛かってきて、病死ということであっという間に捜査は打ち切られたらしいわ」

蓮太郎はぎょっとする。

「なんだそりゃ」

木更は力なくかぶりを振る。

「わからない」

「今度新しい首相になる十造寺月彦とかいう奴は大丈夫なんだろうな？」

「噂だと結構切れ者らしいわよ」

蓮太郎は複雑な気持ちだった。桐生宗一首相は、ともすれば独善的とも後ろ指を指されかねない傲慢な態度が鼻につくところがあったが、なるほど戦後の荒廃期から一代で北海道エリアを建て直すだけのことはあるリーダーシップを発揮していた。

決して死んで嬉しい類いの人間ではない。

ほうれん草のソテーだけだとあまりにも寂しいので、木更にお伺いを立ててから、隣のコンロに水を注いだヤカンを置いて、つまみをひねる。

一瞬の熱気が顔を撫で、ガスくささが漂う。青々とした炎が生まれていた。

菜箸を動かす。じゅうじゅうと音がする。

料理を教える手前、後ろに立ってレクチャーしているのだが、ともすれば抱きついているように見えなくもない。

髪から良い匂いがする。セーラー服にエプロンというのも、よく似合っていると思う。

「そういや木更さんさ、なんでいつも制服ばっかり着てるんだ？　俺に合わせてんのか？」

「制服は仕事着にも使えるし、学校に行った帰りにこのままの格好で仕事できるからね。勿論普通の女の子から見ると少ないと思うけど、私服も持ってるわよ。普通の女の子からすると、圧倒的に少ないけどね」

木更は『圧倒的』の部分に強いアクセントをつけて嘯き、上目遣いに振り返りながら不可視の圧力をかけてくる。

蓮太郎は後ろ頭を掻きながら明後日の方向を向く。

「こ、今度なんか服、買ってやろうか？」

「あーそー。じゃあ思いっきり高い服を買ってもらおうかしら」

木更が鼻歌でも歌い出しそうなテンションで小さくお尻を振った。お尻に合わせて短いスカートが揺れる。

蓮太郎はドギマギしながら続ける。

「で、でもさ。お見合いのときの服も綺麗だったし、ウェディングドレスも綺麗だったけどさ……やっぱり木更さんにはその黒制服が最高に似合うよ。綺麗だ、本当に」

木更が目を丸くしてこちらを振り返る。

恋愛とはどうして非対称な存在なのだろう。自分が他人を想う気持ちの総量は、他人が自分を想っている量とは釣り合わず、常に天秤はどちらかに傾いている。

一体どうすれば、この胸の疼きを彼女に移すことが出来るのだろうか。

声がかすれ、言葉が出てこないもどかしさ。

好きな人の前だと、自分は死にたくなるほど言葉が下手だ。

思うに任せない言葉の代わりに、蓮太郎は一歩踏み出した。

「き、木更さんッ」

木更の細い腰に手を回して、抱き寄せると、胸の中で木更が小さく悲鳴を上げる。

信じられないくらい造作の整った顔が間近に迫り、甘い匂いが鼻孔をくすぐる。木更の頬がみるみる染まっていき、逃れようと身じろぎする。

「いや、ちょ、里見く、どこ触って――」

「――面会室で、さ」

「え？」

蓮太郎は俯き、木更の耳に口を寄せる。

「木更さんにひどいこと言って突っぱねたこと――ホントにごめん。全部俺が馬鹿だった。あんなこと、言うべきじゃなかった。いまさらだけどさ、帰ってきてくれて俺、ホントに嬉しいよ。ありがとう木更さん」

驚きに見開かれた木更の瞳の端から、その時澎湃と透明な液体がこみ上げ、頬を一筋伝う。

木更は指の腹で目尻を拭うと、伏せられた長いまつげを上げて、優しく細められた瞳で蓮太郎を見上げる。

泣き笑いみたいな表情だった。

「お馬鹿。ずっと待ってたんだからね、その言葉」

「木更さん……」

あまりの美しさに、蓮太郎は感極まって顔を近づけると、木更が我に返ったように耳まで真っ赤にして顔を背ける。

「ちょ、里見くん。やっぱり、そういうの……駄目ッ——私恥ずかしくて……死んじゃう」

常からの蓮太郎なら、木更の気持ちを尊重して、ここで体を離しただろう。

だがもう蓮太郎は、答えのない煩悶に倦むことに疲れ、たとえそれが破滅だろうが、結論を見るまで収まりが付かなくなっていた。

蓮太郎は、抱きしめていた木更の拘束をわずかにゆるめる。

「ああ、木更さんがそういうの嫌なら、いまはやめとくよ」

「ほ、ホント？」

「嘘だよ」

耳元でささやく。

強引に唇を重ねた。

ヤカンが笛を鳴らす。

カチャンと音を立てて、彼女が持っていた菜箸が床に落ちる。

菫は言った。

『本気で木更の幸せだけを願うなら、ここから先、君は自分の気持ちを殺し続けなければいけないんだぞ。半端は許されない。誓えるか？』と。

蓮太郎は、菫との約束を破ってしまった。

蓮太郎の認識は変わっていない。櫃間との縁談は、彼女が復讐を忘れて生きることができる、唯一にして最後の方法だった。

その結果蓮太郎の恋が破れることになろうとも、『天童殺しの天童』を永久に封じることができたならば、それで良しとしなければならなかった。だというのに――

――愛することは、狂うことであるという。


蓮太郎は木更に狂ってしまった。

恋に膿み、愛に爛れてしまった。

もう彼女の復讐は止められない。

この恋は、きっと世界を破滅させる。

蓮太郎は最後の最後で利己的な行動に走ってしまった。おそらくそのツケは、いずれ払わされることになる。のちのち、木更を止めることが出来たのは、この時を措いてほかになかったと後悔するのだろう。

蓮太郎が『正義』を遂げるために戦うと決めた以上、木更の『絶対悪』と交わることは断じてあり得ない。

木更はこれから天童の仇を狩るために刀を執り、その度に蓮太郎との間に溝を広げるだろう。

もう二度と、甘き日は訪れないのかもしれない。

いまをピークに、自分と木更は坂を転げ落ちていくように憎悪をぶつけ合うことになるのかもしれない。

だが――

たとえこれから、どれほど互いの関係が悪化して、どれほど口汚く互いを罵り合い、互いの胸に憎悪の刃を突きつけることになろうとも――いまだけは、いまだけは柔らかい唇の感触に身をゆだねていたい。

冷蔵庫に木更を押しつけ、激しく唇を吸う。蓮太郎の胸に木更の柔らかい双丘がぶつかり、柔らかく潰れ、形を変えていく。

木更が陶然としたように眼を細め、蓮太郎の首に手を回した。

快楽に身を任せてしまいたかったのに、暗いトーンでささやく菫の声が脳裏から離れなかった。

『体は腐っても再生が利くが、心が腐ったら駄目だ。もう治らん』
『木更が手遅れになったら――君が始末をつけるんだ』

・藍原延珠、ガストレアウィルスによる体内浸食率四三．八％。
・予測生存可能日数消費まで、残り４９６日。

了

あとがき

ブラック・ブレットがこのたびアニメ化決定いたしました！　みなさん応援ありがとうございます！

――と、手放しで喜んで良いのか、実のところ少し迷っています。

そもそも当方は、純粋に活字としての面白さを最大化することだけに心血を注いできたので、自分の本が他の媒体になって面白いのか、実のところキチンと想像できていなかったりします。

ただ、お会いしたアニメスタッフのみなさんは熱い魂と冷静な分析眼を持った兵たちで、彼らの価値観や人柄を知るにつれて、口幅ったい物言いになりますが、自分の作品をゆだねるに値すると疑いなく思えるまでにはなりました。

放映まで残り半年。あらゆる分野のスペシャリストが集結して、クオリティ向上に知恵を絞り、手を動かしていくことになるでしょう。

果たしてアニメ版ブラック・ブレットは是なるや？　答えを出すのも、その結果を肯んじるのも視聴者のみなさんなのです。

アニメのブラック・ブレットもよろしくお願いいたします。

今巻もお世話になりました、過去最高最大の「ヤベェ本が落ちるかも」危機を地獄の釜もなお涼しとばかりに終始笑顔で戦い抜いてくれた担当編集黒崎氏、どこにいても北の方角がわかるらしいエスパーイラストレーターの鵜飼先生、アニメを指揮する小島監督とその麾下のスタッフのみなさん&小倉、小笠原両プロデューサー、他、編集部の皆様を含め本書に関わっていただいたすべての方に感謝を。

最後に読者のみなさんへ。私事で恐縮ですが、実は当方、かれこれ三年ほど前に電撃組に編入してきて黒崎さんと初顔合わせした際「百万部売ってアニメ化します！」と、漫画のバクマンみたいな宣言をリアルにぶち上げたことがあります。

あの頃は細かいことを考えておらず、自分のためというより、異動してきて間もなかった黒崎さんを勝たせます的なニュアンスだったのですが、ともあれ、その一つがようやく結実いたしました。当方が嘘つきにならなかったのは、みなさんのおかげだと思っております。重ねてありがとうございます。

無論アニメがどうあれ、原作小説も負けるつもりはありません。最終的にアニメ、コミック、小説を全部見た読者のみなさんに「みんな良かったけど、やっぱり小説が一番面白かったよね！」と言ってもらえるような作品になるようこれからも注力していく所存です。

今巻をお手に取っていただき本当にありがとうございました。

私の本を読んでくれた読者様すべてに神様の祝福がありますように。

神崎紫電

◉神崎紫電著作リスト

「ブラック・ブレット　神を目指した者たち」（電撃文庫）
「ブラック・ブレット2　VS神算鬼謀の狙撃兵」（同）
「ブラック・ブレット3　炎による世界の破滅」（同）
「ブラック・ブレット4　復讐するは我にあり」（同）
「ブラック・ブレット5　逃亡犯、里見蓮太郎」（同）
「ブラック・ブレット6　煉獄の彷徨者」（同）
「マージナル」（ガガガ文庫）
「マージナル2」（同）
「マージナル3」（同）
「マージナル4」（同）
「マージナル5」（同）
「マージナル6」（同）
「恋のキューピッドはハンドガンをぶっ放す。」（同）

本書に対するご意見、ご感想をお寄せください。

電撃文庫公式ホームページ 読者アンケートフォーム
http://dengekibunko.dengeki.com/
※メニューの「読者アンケート」よりお進みください。

ファンレターあて先
〒102-8584　東京都千代田区富士見1-8-19
アスキー・メディアワークス電撃文庫編集部
「神崎紫電先生」係
「鵜飼沙樹先生」係

本書は書き下ろしです。

電撃文庫

ブラック・ブレット6

れんごく　ストライダー
煉獄の彷徨者

かんざきしでん
神崎紫電

発　行　　2013年10月10日　初版発行

発行者　塚田正晃
発行所　株式会社KADOKAWA
〒102-8177　東京都千代田区富士見2-13-3
03-3238-8521（営業）
プロデュース　アスキー・メディアワークス
〒102-8584　東京都千代田区富士見1-8-19
03-5216-8399（編集）
装丁者　荻窪裕司 (META + MANIERA)
印刷・製本　加藤製版印刷株式会社

ISBN978-4-04-866008-2　C0193　Printed in Japan

電撃文庫　http://dengekibunko.dengeki.com/
株式会社 KADOKAWA　http://www.kadokawa.co.jp/

電撃文庫創刊に際して

文庫は、我が国にとどまらず、世界の書籍の流れのなかで〝小さな巨人〟としての地位を築いてきた。古今東西の名著を、廉価で手に入りやすい形で提供してきたからこそ、人は文庫を自分の師として、また青春の想い出として、語りついできたのである。

その源を、文化的にはドイツのレクラム文庫に求めるにせよ、規模の上でイギリスのペンギンブックスに求めるにせよ、いま文庫は知識人の層の多様化に従って、ますますその意義を大きくしていると言ってよい。

文庫出版の意味するものは、激動の現代のみならず将来にわたって、大きくなることはあっても、小さくなることはないだろう。

「電撃文庫」は、そのように多様化した対象に応え、歴史に耐えうる作品を収録するのはもちろん、新しい世紀を迎えるにあたって、既成の枠をこえる新鮮で強烈なアイ・オープナーたりたい。

その特異さ故に、この存在は、かつて文庫がはじめて出版世界に登場したときと、同じ戸惑いを読書人に与えるかもしれない。

しかし、〈Changing Times,Changing Publishing〉時代は変わって、出版も変わる。時を重ねるなかで、精神の糧として、心の一隅を占めるものとして、次なる文化の担い手の若者たちに確かな評価を得られると信じて、ここに「電撃文庫」を出版する。

1993年6月10日
角川歴彦

電撃文庫

ブラック・ブレット 神を目指した者たち
神崎紫電
イラスト／鵜飼沙樹
ISBN978-4-04-870596-7
ウィルス性の寄生生物との戦いに敗北した近未来。人類は狭い国土に追いやられていた。人々が絶望にくれる中、異能をもつ一人の高校生が立ち上がった……。
か-19-1 2161

ブラック・ブレット2 VS神算鬼謀の狙撃兵
神崎紫電
イラスト／鵜飼沙樹
ISBN978-4-04-870820-3
東京エリアの統治者・聖天子から直々に、護衛の依頼を受けることになる蓮太郎と延珠。任務中に彼らを襲ってきたのは、想像を絶するスナイパーだった――！
か-19-2 2215

ブラック・ブレット3 炎による世界の破滅
神崎紫電
イラスト／鵜飼沙樹
ISBN978-4-04-886477-0
東京エリアを、怪物ガストレアの侵入から守っている巨大モノリス。その一部に崩壊の危機が訪れる。無数のガストレアに蹂躙される日が刻一刻と近づく――。
か-19-3 2336

ブラック・ブレット4 復讐するは我にあり
神崎紫電
イラスト／鵜飼沙樹
ISBN978-4-04-886797-9
巨大モノリスが倒壊し、無数のガストレアが東京エリアに侵入。自衛隊との交戦が始まるが、やがて静寂が訪れる。そして蓮太郎たちの目の前に現れたのは――。
か-19-4 2390

ブラック・ブレット5 逃亡犯、里見蓮太郎
神崎紫電
イラスト／鵜飼沙樹
ISBN978-4-04-891761-2
いわれなき殺人の容疑をかけられた蓮太郎は、孤立無援の状態で決死の逃亡を図る。かつてない強敵に命を狙われながら、彼が見る未来は果たして――。
か-19-5 2570

電撃文庫

ゴールデンタイム6 この世のほかの思い出に

竹宮ゆゆこ
イラスト／駒都えーじ

事故のショックで引きこもりな香子からの――花火大会！　香子も立ち直り、一層の成長を遂げ、万里との絆も深まったように思えたが？　青春ラブコメ第6弾！

た-20-23　2522

ゴールデンタイム7 I'll Be Back

竹宮ゆゆこ
イラスト／駒都えーじ

実家で充実した日々を送った万里は、次の一歩を踏み出そうとする。香子や柳澤も覚悟を決め行動を起こすが、思わぬ事態が待っていて!?　青春ラブコメ第7弾！

た-20-25　2623

ゴールデンタイム外伝 二次元くんスペシャル

竹宮ゆゆこ
イラスト／駒都えーじ

三次元に絶望した男、二次元くん。本名佐藤。脳内にVJという名の嫁を持つ彼は、しかしリアル美少女により心の浸蝕を受け――!?　青春ラブコメ番外編！

た-20-20　2343

ゴールデンタイム番外 百年後の夏もあたしたちは笑ってる

竹宮ゆゆこ
イラスト／駒都えーじ

香子と千波が水着の試着会!?　そのきっかけとなった、万里のイケメン友人、通称・師匠を女子と勘違いした香子の狂騒とは？　中編3作の青春ラブコメ番外編！

た-20-22　2471

ゴールデンタイム列伝 AFRICA

竹宮ゆゆこ
イラスト／駒都えーじ

香子と千波が合コン!?　美人＆かわいいコンビなのにそういう気配は皆無な二人が巻き起こす騒動とは？　ほか全3編で贈る青春ラブコメ短編集第2弾！

た-20-24　2585

電撃文庫

アクセル・ワールド1 —黒雪姫の帰還—
川原 礫
イラスト／HIMA

《黒雪姫》と呼ばれる少女との出会いが、デブでいじめられっ子の未来を変える。ウェブ上でカリスマ的人気を誇る作家が、ついに電撃大賞〈大賞〉受賞！

か-16-1 1716

アクセル・ワールド2 —紅の暴風姫—
川原 礫
イラスト／HIMA

デブでいじめられっ子の少年・ハルユキの人生は、黒雪姫との出会いによって一変した。そんな彼のもとに、「お兄ちゃん」と呼ぶ見ず知らずの少女が現れて!?

か-16-3 1775

アクセル・ワールド3 —夕闇の略奪者—
川原 礫
イラスト／HIMA

「ゲームオーバーです、有田先輩……いえ、シルバー・クロウ」黒雪姫不在の中、スクールカーストの頂点に立った新入生。圧倒的な彼の力の前に、ハルユキは倒れ……!!

か-16-5 1834

アクセル・ワールド4 —蒼空への飛翔—
川原 礫
イラスト／HIMA

「ここから、もう一度這い登ってみせる。僕はもう、下だけ向いて歩くのはやめたんだ」翼をもがれたシルバークロウ＝ハルユキが、ついに復活する！

か-16-7 1899

アクセル・ワールド5 —星影の浮き橋—
川原 礫
イラスト／HIMA

とある日、ハルユキは新たなるゲーム・ステージ出現の気配を察知する。《宇宙》ステージ。そこに辿り着いたハルユキは、歴史的なゲームイベントを体感する——！

か-16-9 1953

電撃文庫

アクセル・ワールド6 —浄火の神子—

川原 礫
イラスト／HIMA

《災禍の鎧》に侵されていたハルユキは、黒雪姫以外の六王から、《浄化》の命令を下される。その鍵を握るアバターは、意外な場所に幽閉されていて……。

か-16-11　2018

アクセル・ワールド7 —災禍の鎧—

川原 礫
イラスト／HIMA

《帝城》に閉じ込められた《シルバー・クロウ》。脱出不可能と思われるそこで、ハルユキは不思議な《夢》を見る。それは、《災禍》にまつわる二人の物語——。

か-16-13　2082

アクセル・ワールド8 —運命の連星—

川原 礫
イラスト／HIMA

忌まわしき強化外装《ISSキット》に蝕まれ、親友同士で戦うことになったタクムとハルユキ。人の心意が強く共鳴し合い、激突する……！　その勝者は!?

か-16-15　2135

アクセル・ワールド9 —七千年の祈り—

川原 礫
イラスト／HIMA

再び《クロム・ディザスター》となったハルユキ。滅ぼすべき敵を求めて《加速世界》を飛翔する。そして、その眼前に《緑》のアバターの姿が立ちふさがり……。

か-16-17　2202

アクセル・ワールド10 —Elements—

川原 礫
イラスト／HIMA

ハルユキが新入生の陰謀に巻き込まれていたころ。黒雪姫は修学旅行先の沖縄で、不思議なアバターから対戦を仕掛けられていた——。書き下ろし含む三編収録。

か-16-18　2238

電撃文庫

アクセル・ワールド11 —超硬の狼—
川原 礫
イラスト／HIMA

打倒《加速研究会》で導き出された秘策とは、シルバー・クロウの新アビリティ《理論鏡面》獲得作戦だった。謎の最強《レベル1》アバターも登場、いったいどうなる!?

か-16-20 2307

アクセル・ワールド12 —赤の紋章—
川原 礫
イラスト／HIMA

神獣級エネミー・大天使メタトロン攻略アビリティの習得ミッションに挑むハルユキ。そこに立ちふさがる強敵アバター・サーベラスとの戦いは意外な結末を迎え——!!

か-16-22 2376

アクセル・ワールド13 —水際の号火—
川原 礫
イラスト／HIMA

《メタトロン》打倒を目指すハルユキたちの戦いの舞台は、リアルワールド／梅郷中学文化祭へ！ 加速世界に混沌を広めんとする《マゼンタ・シザー》の魔手が迫り……!

か-16-25 2487

アクセル・ワールド14 —激光の大天使—
川原 礫
イラスト／HIMA

《アクア・カレント》救出に挑むハルユキたち。しかし、帝城東門で待ち受けていた《四神セイリュウ》最大最凶の攻撃《レベルドレイン》の恐怖がハルユキに迫る——!

か-16-27 2549

アクセル・ワールド15 —終わりと始まり—
川原 礫
イラスト／HIMA

攫われたニコを救うため、単身でブラック・バイスを追うハルユキ。大天使メタトロンの加護を受け、ついにその《影》に手を届かせるが——!

か-16-29 2620

電撃文庫

明日、ボクは死ぬ。キミは生き返る。

藤まる
イラスト／H_2SO_4

俺の心の半分は、死んだはずの美少女でできています――。1日ごとに心が入れ替わる「ぼっちな俺」と「残念な彼女」。交換日記の中でしか出会えない2人の人格乗っ取られ青春コメディ！

ふ-10-1 2484

明日、ボクは死ぬ。キミは生き返る。2

藤まる
イラスト／H_2SO_4

超絶おバカ少女・夢前光と二心同体生活中の俺は、彼女の日記から衝撃の事実を知る。『い、妹ちゃんに彼氏が！』。なんだと? だが妹はぷんぷん不機嫌で……。

ふ-10-2 2558

明日、ボクは死ぬ。キミは生き返る。3

藤まる
イラスト／H_2SO_4

『おまえの寿命の残り全てで彼女を生き返らせてやろうか?』。究極の選択を迫られる二心同体ハチャメチャ生活中の秋月と光。いつでも背中あわせの2人が下す決断とは……!?

ふ-10-3 2634

祓魔学園の背教者（ミトラルカ） －祭壇の聖女－

三河ごーすと
イラスト／ukyo_rst

無宗教主義の祓魔師《拓真》と力を禁じられた邪教の聖女《ミトラ》――異端の二人が祓魔学園を訪れたとき運命の輪は回りだす。最強学園ファンタジー開幕！

み-19-4 2625

ファイティング☆ウィッチ

逢巳花堂
イラスト／魔太郎

拳法に打ち込んできた初真。転校先で彼が入部した拳法部は、部員がすべて女の子だった……。迫力のアクションと美少女たちが交錯する、爽快青春ストーリー！

お-17-1 2630

電撃文庫

天使の3P(スリーピース)!
蒼山サグ
イラスト/てぃんくる

過去のトラウマから不登校気味の貫井響は、密かに歌唱ソフトで曲を制作するのが趣味だった。そんな彼にメールしてきたのは、三人の個性的な小学生で——!?

あ-28-11　2347

天使の3P(スリーピース)!×2
蒼山サグ
イラスト/てぃんくる

とある事情によりキャンプで動画を撮ることになった『リトルウイング』の五年生三人娘。なぜか響も一緒にお泊まりすることになり、何かが起きないわけがない!?

あ-28-15　2626

花屋敷澄花の聖地巡礼
五十嵐雄策
イラスト/三輪フタバ

行人がクラスメイトの夏奈からお願いされたのは、花屋敷澄花という女の子のお見舞いだった。だが澄花の部屋に入ってみると、そこには街並みが広がっていて——。

い-8-29　2551

花屋敷澄花の聖地巡礼②
五十嵐雄策
イラスト/三輪フタバ

ようやく七年ぶりに学校に通えた花屋敷澄花。でもクラスに馴染めない澄花のため、行人にはやることは山積み。まずは彼女の趣味である聖地巡礼からスタート!?

い-8-30　2628

強くないままニューゲーム Stage1 -怪獣物語-
入間人間
イラスト/植田 亮

昼休み前の校舎を巨大怪獣が襲った。俺は死んだ。直後、謎のコンティニュー表示が出た。昼休み前に生き返った。俺と敷島さんだけが、この世界が『ゲーム』だと気づいた。

い-9-28　2531